パリッコ

ノスタルジーは スーパーマーケットの 2階に ある

STAND BOOKS

はじめに

僕は「酒場ライター」なる酔狂な肩書きで仕事をしています。なので、日本が本格的なコロナ禍に突入して以降、「仕事がなくなって大変じゃないですか?」と心配してもらうことも増えました。ところがありがたいことに、今のところまったくそんなことはないんですよね。

最初の緊急事態宣言が発令された2020年の4月から今にいたるまで、多くの編集者さんがそれぞれに「この時代だからこそできること」を考え、企画を立て、仕事をくれた。飲み友達のライター、スズキナオさんと数年前に始めた、折りたたみ式のアウトドアチェアを持って公園などに行き、好きな場所に座ってのんびり過ごすだけというアクティビティ「チェアリング」にも、人の密集を避けられる新しいリラックス法だということで、スポットが当たる機会が増えました。そして、そうやって多くの人が仕事に誇りを持ち、世の中から希望の灯りを絶やさないようにしようとする姿勢には、仕事をもらう僕のほうがたくさん勇気づけられました。

本書は、なかでも特に自由に、のびのびと仕事をさせてくれるありがたきWEB媒体『QJWeb クイック・ジャパン ウェブ』と『デイリーポータルZ』から選んだ記事を、加筆修正して再構成した内容となっています。

ふだんは1階で食料品を買うばかりだった駅前のスーパー。ふと気まぐれに2階に足を踏み入れてみると、そこにはノスタルジー満載の空間が広がっていた。日常のなかにまだこんな冒険が残っていたなんて！　なんてことをひたすらやっているだけの本ですが、「こいつ、バカだけどとりあえず楽しそうに生きてるな」ってことだけでも感じてもらえたら、読んでくれた方の肩の力もちょっぴり抜けるんじゃないかな、なんて。

なかにはコロナ前に書いた記事もあり、それらを時系列に並べてあるわけでもないので、刻々と状況が変わる今の時代とそぐわない内容もあるかもしれません。また、その時どきの気分で文体を変えてしまっており、多少読みづらいと感じられる箇所もあるかもしれません。が、そんなこんなも含めて、ここ数年、僕なりに、日常を舞台に奮闘してみた記録として、眺めてもらえれば幸いです。

目次

＊本書に掲載している価格・メニュー表記は取材時のものです。

装画：ボブa.k.aえんちゃん　デザイン：戸塚泰雄（nu）

ノスタルジーはスーパーマーケットの2階にある

ノスタルジーはスーパーマーケットの2階にある

身近にあってあまり行かない場所

僕は「酒場ライター」なんて酔狂な仕事を生業にしているが、そうなったきっかけは、ざっくり言ってしまえば、古くから続く酒場の味わいに惚れこんでしまったからだ。

街に根づき、何十年と歴史を重ねてきた個人経営の酒場は、大将、女将さん、常連客たちが長年かけて作りあげてきた、その店にしかない空気が必ずある。また、長い長い時間がそのまま堆積《たいせき》したようなカウンター、厨房、壁や天井は、いくら眺めていても飽きることがない。

それを僕が好きだと感じる理由は、見慣れた街のなかにあっても、一歩店内に入ると、まるで知らない土地に旅行にでも来たかのように錯覚してしまう非日常感。それから、漠然としたノスタルジーにあるような気がする。

最近、そんな非日常感とノスタルジーを兼ね備えた場所が他にもあることに気がついた。そう、「スーパーマーケットの2階」だ。

身近なスーパーを想像してみてほしい。平屋のだだっ広い店舗がほとんどだろう。ところがたまに、2階のあるスーパーというのも存在する。

昨今は、服を買うならファストファッション、電化製品なら家電量販店、家具や日用品なら大型の家具店と、リーズナブルな専門店が多数存在する。が、ほんの数十年前くらいまで、そういった消費者のニーズを一手に受け止めていたのは、意外とスーパーの2階だったんじゃないだろうか。

子供のころ、母親に連れられ地元の「西友」に行くと、1階で食料品などをひととおり買い終えたのち、ついでに必要な日用品などを買うため、2階へ寄っていくことがよくあった。かつてのスーパーの2階にはファミコンカセットまで

ノスタルジーを探しに

売られていて、母親が買い物をしている間、僕はそのデモ画面を飽きずに眺めていた。確か『水戸黄門』のゲームだったと思うんだけど（なんて渋いテーマでゲームを作るんだ）、電子音による合成音声で、格さんが「この紋所が目に入らぬか！」などと喋っている（ように聞こえる）のを聞き、人類はついにここまで進化してしまったのかと、腰を抜かしそうになったことを覚えている。

自分の住む町に2階のあるスーパーがあったとして、そこに頻繁に通っているという人はそう多くないと思う。が、気が向いたらぜひ、買い物のついでに寄ってみてほしい。僕は最近やっと気づくことができた。ノスタルジーはスーパーマーケットの2階にある。

地元スーパーの2階を巡る

僕の住む町、石神井公園のスーパーを舞台に見ていってみよう。真っ先に思いつく2階のあるスーパーといえば、「ライフ」だ。北口にある大型店で、1階の売り場と同じ広さの2階フロアが存在する。日用品や調理器具、医薬品なども扱う、なかなか気合いの入った2階だ。

　エレベーターでのぼってゆくと、すぐにお決まりの婦人服コーナー。要するに、町でオーソドックスなおばさまたちが着ている「ああいう服ってどこで売ってるんだろう?」と感じるタイプの服が、ずらりと並んでいる。頭上には「ミセスコーナー」の表示。ミセスコーナー、あぁ、なんたるノスタルジー。

　続いて、昔、土日にお父さんが家で着ていたような真っ白いVネックTシャツがこれでもかと並ぶ。その先に靴のコーナー。意外にもシンプルなデザインのスリッポンシューズが1590円と手頃に売られており、これは普通に買いたい感じ。が、僕が興味を惹かれたのはその横に並ぶ、いわゆる「便所サンダル」だった。何年か前からベンサンが妙に気になり、サンダル業界で評価の高い「ギョサン」の茶色を愛用している。が、数年使っていたらさすがに劣化しはじめ、どうしようかなぁと思っていたところだった。

　かかと部分に「Color Step」と書かれたいかにもなデザインのを手に取ってみる。こういうサンダルって素材がカチカチで、すぐに靴ずれができてしまうイメージがあったけど、こいつは柔軟性があり、足にしっかりとフィットしてくれそうだ。ソールも厚く、かなり高品質なものに感じる。しかも破格の598円。近所で履くにはバッチリなんじゃないかと購入を決意。

そこでふと思う。「冒険してみるか……」。僕は、いわゆるベンサンカラーである茶色の横の、ビビッドな緑のほうを手にとり、レジカウンターへと向かった。

日常のなかにまだこんな冒険が残っていたなんて！

地元のローカルスーパー「まなマート」に2階はないけれど、すぐ横に別館である「2号館」があり、これもスーパーの2階の変則形と言えるだろう。よく考えると僕は、毎日のようにまなマートに寄りつつ、この2号館には足を踏み入れたことがない。そのことに気づいた時は、日常のなかにまだこんな冒険が残っていたなんて！　と大興奮した。いざ、まなマート2号館へ。

早足で歩けば15秒くらいで1周できてしまいそうなコンパクトな店内。そこに、子供のころに訪れた西友の2階と変わらない、いつからか時が止まってしまったような空気が満ちている。勝手に2階もあるものと思っていたが、エスカレータ

まぶしいくらいに緑なサンダル

ーは封鎖され、ステップ上にはマネキンが並べられている。

店内の構成は、やはり「どこで売ってるんだろう？」系の婦人服がメイン。だが、若干渋めだったライフに比べ、攻めたデザインが多いような気がする。着こなしとモデルによっては、めちゃくちゃファッショナブルになりそうな気がする。

それに比べ、やっぱり地味なのが男性用で、お決まりのように真っ白いTシャツが並んでいる。その他に、かなり厳選された日用品コーナー。意外だったのが、昨今のコロナウイルス騒動による買い占めの影響で、たいがいのスーパーや薬局から姿を消しているトイレットペーパーが普通に売られていた。これが盲点ってやつか。家の在庫が心細くなってきたらここに買いにこよう。

まなマート2号館では、普通に欲しいと思った「天ぷら敷紙」を購入。SUNNAPというメーカーの商品で、レトロなデザインが好ましい。

それから、我が家では台所用のスポンジを、100均などで適当に買うのではなく、「Scotch-Brite」というブランドに決めている。そのほうが洗剤の泡立ちがよく、結果的に経済的だし、何より僕は皿を洗うのが好きなのだ。快適な洗い心地は、家事を超えたエンタテインメント。この店は、数少ないスポンジラインナップに占めるScotch-Briteの割合が高く、非常に信頼できる。が、そのなかにひとつ、聞き慣れないスポンジが並んでいる。キクロン株式会社製の「キクロン」。パッケージには「たわしの革命児」とある。これまたレトロなデザインが魅力的で、何よりキクロン一本で株式会社を立ち上げてしまっているくらいだから、きっといい商品に違いない。その洗い心地を確かめるため、これも購入。

最後は「西友」。ここもまた変則的な構成になっていて、メインの食料品売り場は地下1階、1階が日用品、2階は衣料品などのフロア。2どころか3フロアで構成されており、石神井ではもっとも大規模なスーパーということになるだろう。

今回、最上階である2階をじっくりと訪れ驚いた。他のスーパーと違い電化製品のコーナーがかなり充実しているのだ。AV用の各種ケーブルなども揃っていて、そういうものが欲しいとき、僕は新宿や池袋に出たついでに大型の家電量販店で買うことが多かったんだけど、なんだ、ここにあったのか。

1階は、キッチングッズが豊富なので、これまでも用もなく寄ってしまうことが多かった。が、よく見ると、医薬品や日用品、おもちゃの他に、自転車売り場までである。もはや西友さえあれば生活に必要なものはすべて揃ってしまうんじゃないかというレベル。いかに自分が、視野狭くスーパーを訪れていたのかを思い知らされた。

事務用品のコーナーに電卓が並んでいる。そういえば、ちょっとした計算がしたいとき、スマホの電卓機能を使っていたんだけど、アプリを開くのが毎回まだるっこしく、使いやすい電卓が欲しいと思っていた。今こそ電卓を買うときだ！　と、シンプルでちょっといなたいデザインが気に入った、CASIO製の「MH-10T」を購入。現在、なんでもいいから早く計算をする機会が訪れてほしくてうずうずしている。

普段は何気なく素通りしてしまいがちなスーパーの2階。あらためて巡ってみたら、新鮮な発見がたくさんあり、また、胸を締めつけられるようなノスタルジーもぞんぶんに堪能できた。

あなたの住む町にも、2階のあるスーパーはないだろうか？　ノスタルジーは、きっとそこにある。

3店舗の2階で出会ったアイテムたち

シウマイ弁当の「筍煮」をお腹いっぱい食べたい！

駅弁界のスター、崎陽軒の「シウマイ弁当」

全国に数多くある駅弁のなかで、ベスト駅弁として崎陽軒の「シウマイ弁当」をあげる方は多いですよね。海鮮系や高級食材系のような派手さはないですが、手堅い実力とバランス感覚で、主食にも酒のつまみにもなる名駅弁です。また、駅弁にしてはリーズナブルな、８６０円（２０２１年６月現在）という値段も嬉しい。

この、なんとも愛おしいシウマイ弁当の魅力を縁の下の力持ち的に支えてい

様式美

るおかずといえば、お好きな方ならもうピンときているかもしれません。そう、「筍煮」！　あの、コロコロと小さめにカットされ、甘辛く煮込まれたたけのこが、地味ながら抜群のアシスト力を発揮するんですよね。

僕は、醤油たっぷり、カラシをちょんと付けたシウマイを半分かじり、1ブロックの半分のもっちりごはんを口に入れ、そこにポイッと味の強い筍煮をひとつ放りこんでよ～く噛み、それをつまみにビールを飲むのが大好き。むしろ、新幹線のなかでその幸福感を味わうために旅に出ているとさえ言えます。

ここまで読んだ時点で、首をおかしくするほど「うんうんうん！」と同意してくださっている方も多いんじゃないでしょうか？　となればこう考えるのは必然ですよね。

「あの筍煮を思うぞんぶん食べてみたい！」

きちんと満足できる量が入っているとはいえ、やはりバランスを考えながら食べ進めないといけないことには変わりなく（それが駅弁の楽しみでもあるんですが）、一度でいいからあの筍煮をガッサーっとレンゲですくって、口いっぱいにほおばりたい！

すみっこにひかえめにいるこいつ

というわけで、自宅での再現に挑戦してみましょう！

まずはあらためて筍煮と向き合う

おもむろに、買ってきたシウマイ弁当から筍煮だけを取り出してみます。無論、なんのわだかまりもない状態で筍煮と向き合うために。うむ、意外に、黒いな。続いてその数を確認してみると、大小さまざまな筍片が、ぜんぶで24個ありました。うむ、いい数だ。

しかるのち、おごそかに口へと運び、ゆっくりと味わってみます。まず感じられたのは、春風のようなたけのこ独特の風味。次に、醤油の塩気が軽めにやってきます。驚くべきは、続いて口中に広がる、過剰ともいえる甘味！「筍煮……お前そんなに！」っていう甘さで、そのレベルはもはやスイーツの域。

だしっぽさのようなものはほとんど感じられず、最後にふわりと木の香りが鼻腔をくすぐり去っていきますが、これは弁当箱の木製のフタ由来のものだと思われます。なるほどこういう味だったか。

宝石のような輝き

では、最後の木の香りは自宅での再現は難しそうなので、それ以外の、筍煮本体の味わいを極力再現していきましょう。

調理開始

まずは、たけのこ1本を1・5㎝角くらいに切ります。

旬のたけのこが手に入るならそれに越したことはないですが、もしパックの水煮などを使う場合は、保存のために酸味料などが使われていることがあるので、一度この状態で15分くらいゆで、さらにしばらく水にさらしておくと酸味が抜けるようです。

これに、煮物としては少し甘め、酒、醤油、みりん、砂糖を1：1：1：1に調合した液で煮詰めていきます。もちろん傍らに常に本家の筍煮様を置き、イメージが離れていかないように。

たけのこに味が染み込んだあたりでちょっと味見してみたところ、まだ甘味が足りないようだったので、さらにみりんを追加。甘いんだな〜、崎陽軒の筍煮！

じっくり煮詰めて

最終的な比率は、酒、醤油、みりん、砂糖が1：1：2：1となりました。

およそ水気がなくなったところでもう一度味見をしてみると、方向性はかなり近いながらも、まだまだなじんでないというか、ちょっと若い味。そこで一晩冷蔵庫で寝かしてみたところ……よし、近い！　シウマイ弁当を食べたことのある人に見せたら「あ！　あのたけのこ！」って言うこと間違いなしの仕上がりになったんじゃないでしょうか。

そしてこの、前代未聞の量！　今すぐレンゲですくって、ポロポロポロポロポロと口のなかに吸い込んでいきたい衝動にかられるでしょう⁉　一部の読者さんはこの写真を見て、異常に興奮しているに違いありません。

ついに思うぞんぶん筍煮を！

まずは2、3粒食べてみる。本物はさらに甘かったような気もするんですが、自分で再現したと思えばなかなかのもんだと納得できるレベルです。そして、純粋に美味しい。

ほぅ〜らほら！

ほ〜らほら！

ではいよいよ、暴挙に出てしまいましょう。

とりあえず今回、シウマイは主役ではないので、できあいのものを買ってきて、すべてをお皿に盛りつければ、比率のおかしいシウマイ弁当風定食の完成！

どうでしょう？　今まで常に他のおかずの陰に隠れていた筍煮が、圧倒的な量でその存在感を主張しています！　やった～！　ついに長年の夢がかなったぞ～！

崎陽軒はやっぱりすごかった

さて、たった今この定食を食べきった僕から、最後に結論を申し上げましょう。ずばり「崎陽軒のバランス感覚は完璧」。なんでも好きなだけ食べられれば幸せってもんじゃないですね。

が、この「崎陽軒風筍煮」は、家庭の常備菜としてもとってもいいものだと思うので、気になった方はぜひ作ってみてください。味つけは、ここまで甘くせず、酒、醤油、みりん、砂糖を1：1：1：1でもいいかも～。ま、お好みで！

皿の半分が筍煮

スーパーのオリジナルトートバッグのかわいさ

きっかけは「いなげや」

気づいてしまったんです……スーパーマーケットオリジナルのトートバッグのかわいさに……。いやまぁ、そう言わずにちょっと聞いてくださいよ。

こないだ、地元のスーパー「いなげや」で買い物をした帰り、出口近くに陳列されている、オリジナル買い物バッグコーナーに目がとまったんですね。コンパクトにたためるエコバッグから、大きめの保冷バッグまで、様々なデザインのものが売られており、「ほ〜、今まで気づかなかったけど、いなげやってけっこうオリジナルバッグに力を入れてるんだな～」なんて、好々爺《こうこうや》のような目で眺めていました。

が、その目が突如、獲物を見つけた猛禽《もうきん》類のごとく変わったのは次の瞬間。そのなかのひとつ、オリジナルのトートバッグが、超かわいい！

ええ、即レジに舞い戻ってやりましたよ。お値段、税抜き980円。シンプルかつスタンダードなデザインが使いやすそうで、中央にクラシックな雰囲気のロゴ。フレッドペリーかな？　なんて思ってよくよく見ると、「imageya」と書いてある絶妙な〝ハズし〟感。

家に帰り、いそいそとタグを切って肩にかけてみたところ、柔らかな布素材がボディにフィットし、サイズ感もほどよく、こりゃあいなげやに買い物に行くときにだけ使うんじゃもったいない！　と、最近はもっぱら、普通にふだん使いしている次第です。

それから数日、すっかり体になじんだこのバッグを肩からぶら下げて街を歩いている時、ふと思いました。

「他のスーパーにもオリジナルのトートってあるのかな？」

急にいてもたってもいられなくなった僕が、その足で地元の主要スーパーを巡ったことは言うまでもありません。加えて後日、用事があって行った池袋でも追加調査。

さぁさぁ、あくまで僕が見つけられたものだけですが、自慢のスーパーオリジナルトートバッグコレクションをぜひとも見ていってください！

いなげや　オリジナルトートバッグ（980円）　※以下すべて税抜き表記

言わずと知れた、現在愛用中の一品。両面まったく同じロゴ入りのデザインなので、「どっちが表だっけ？」みたいなことを気にせず使っちゃって大丈夫なところも素晴らしいんです。

英文によるメッセージは「より良く、長く、健康に年を重ねて生きていこうよ。生活と社会のお店『いなげや』」て感じでしょうか？

クイーンズ伊勢丹　ハンプトートバッグ（1500円）

帆布製のしっかりした作りで、これまたかわいい！

トラディショナルなデザイン

「いなげやです！」って圧が強くないのがいい

黒地に白のシンプルデザイン

カバンにカバンの絵、しかも生魚や生卵らしきものを直で入れてしまっているという少しの天然っぽさと、クイーンズ伊勢丹の高級感あるブランドイメージがあいまって、なんとも好ましいデザイン。

英文は「よい食べ物がよい人生を作るよ『クイーンズ伊勢丹』」ですかね。

内側にはにメッシュポケットがあったり、開口部をとめるベルトつきだったり、生地に「水に強いPVC加工」とやらがほどこされていたり、全体的に非常にていねいな作りですね。

西友 エコバッグ17 サマー(155円)

ポリエステル製なので、ワンシーズンで使い捨てるような感覚のものですが、西友にはこの手のバッグのデザイン違いがたくさんありました。

ちょっとした買い物や、旅行バッグに1枚しのばせておいても便利そうですし、何しろこの激安価格! 「ハローサマー」「ビーチバレーボール」「ビーチバー」「サマーバケイション」など、ポップなワードがひたすら並ぶデザインもすごく好みです。

ていねいな作り

アメリカン！

これらのロゴのＴシャツぜんぶ欲しい

ただ、買ってから気がついたんですが、これ、西友のオリジナルっていうか、その親会社（当時）であるアメリカのスーパーマーケットチェーン「Walmart」製のものですね。アメリカをはじめ、世界中にこのバッグを使っている人がいるのかもしれないと思うとなんだかワクワクしますが、個人的には「SEIYU」ってロゴが入ったものも作ってほしいな。

成城石井 エコバッグ レッド（５５０円）

成城石井のオリジナルバッグはかなりのバリエーションがありました。小ぶりでシンプルな作りの布製トートも、白、グレー、赤の3種類。

他とはひと味違うこだわりを持ったスーパーだけあり、達筆な外国人が何気なく書いたような英字によるデザインがハイセンス。何より、真っ赤という攻めたカラーリングは他にないものでした。

英文は「私たちはグルメな食材を探して世界中を旅しています。成城石井」ですかね。消費者ではなく、それを販売しているほうの主張がメイン。ファッションブランドでたとえるなら「私たちはかっこいい服を作るために毎日一所懸命が

自らのブランドへの自信を感じるデザイン

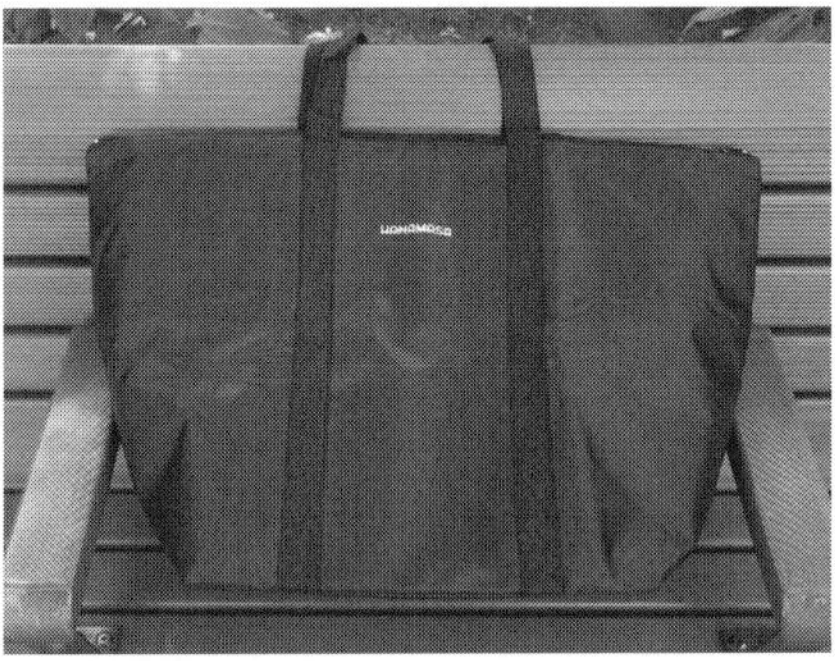
奥ゆかしいサイズの「HANAMASA」のロゴもかわいい

２ℓのペットボトルを３本並べても余裕！

んばっています」と洋服に書いてあるようなもんですが、そんなおもしろさもスーパートートならではの魅力でしょう。

肉のハナマサ 特大保冷バッグ(980円)

いや〜、こいつを見つけた時は興奮したな〜。「あれ? エスパー伊東が入ってたやつ、もしかしてこれ?」って感じで、もはやボストンバッグ級の大きさ。旅行にも余裕で行ける。生地は今回唯一のナイロン製。しかも保冷仕様。さすがプロ御用達のお店という他ありません。

突然に出会ってしまった、スーパーのオリジナルトートバッグの魅力。全国には僕の知らないローカルスーパーも星の数ほどあるでしょうし、人生の楽しみがまたひとつ増えてしまいました。

今後ものんびりと、かわいいオリジナルトートを探していこ〜っと。

ふだんと違うスーパーで、ふだんと違う魚を買ってみる

倉庫的巨大スーパーのワクワク感

酒場好きには、おおざっぱに2種類のタイプがいる。

ひとつは、いつも決まった店にしか行かない人。お気に入りの酒場を、自宅、職場に次ぐ第3の場所と位置づけ、あくまで日常のなかのルーティーンとして、気持ちをリラックスさせるために通っている、「この店に来ると、いっつもあの常連さんいるなぁ」というような人だ。

もうひとつは、未知の酒場を積極的に開拓する人。こちらは逆に、常に新しい

刺激を求め、非日常の世界に浸るために酒場に通っていると言えるだろう。

どちらの気持ちもとてもよくわかるけど、僕はどちらかといえば、後者の部類に属する酒飲みだと思う。知らない街の、初めて見る店の、のれんの奥がどうなっているのかが気になってしかたない。しかも、店がまえは怪しげであればあるほど嬉しい。仕事がらもあるけれど、やはり根っからの酒の変態であることは認めざるをえない。

この分類は、家飲みに対しても当てはまる気がする。毎日ちゃぶ台の定位置に座り、同じ銘柄の瓶ビールに冷奴に枝豆があれば安心大満足。というお父さんもいれば、僕のように、「今日はベランダをビアガーデン風に改装してみるか」とか「今日は地元の酒場のテイクアウトメニューをかき集めて飲んでみるか」なんて、日々満足度向上のためにあがき続けている男もいる。

酒場に自由に行けない昨今ならばなおさらで、どうしてもマンネリになりがちな日々の晩酌に、どうにかして非日常感をプラスしたい。そんな想いでスーパーに通っている。

地元には数軒のスーパーがあるが、いくらローテーションで通おうと、どうしても似たようなものを買い、似たようなつまみを作りがちになってしまう。そこで、ふだんとは違うスーパーへ行ってみようと思い立った。

自宅から自転車で15分くらいの場所に「新鮮市場フレッツ」という、倉庫のような巨大スーパーがある。肉や野菜や日用品を扱うその店の横には、これまた同じくらいでっかい「魚市場 旬」という独立した鮮魚店もある。ホームページを見てみたところ、「練馬にある日本最大級の粋な魚屋」とのキャッチフレーズが躍っていたが、それも伊達じゃないほどの規模であることは確かだ。

駅前のスーパーに比べれば遠いので日常的に通っているわけじゃないけれど、コロナ前には、年の瀬には決まって、家族＋隣り駅に住む母で、年末年始の買い出しに行っていた。すると魚に関しては、やっぱりここらではピカイチの品ぞろえ、鮮度、価格であることを実感するし、それらを眺めているだけでものすごく楽しい。

そうだ、別に年末じゃなくても、あそこへ行ったっていいんだよな。で、専門店ならではの珍しい魚介類を中心に買い、家でちょっとした非日常感を味わう。よし、今夜の晩酌方針はそれに決定だ！

「新鮮市場フレッツ」と「魚市場 旬」

コウイカの甲

これまでここには年末にしか来たことがなく、いつもすごく混雑していたんだけど、今日は平日の日中ということで店内が空いている。ずらりと並ぶ鮮魚類を思うぞんぶん観賞し放題でテンションが上がる。

広い店内の中央に、加工場というんだろうか、作業着を来た店員さんたちが注文の入った魚をさばいたりする場所があって、作業風景がよく見え、なんだか漁港の町にでも来たような気分だ。その周囲には、加工前の魚介類が水槽やカゴに入って並ぶ。

店内入って左側は、処理されてパックに詰められた魚介類。右側は、冷凍ものや乾物、瓶詰めなどの加工品。正面奥は、寿司や天ぷら、惣菜などのコーナーになっている。

今日はせっかくなので、なるべく珍しい、これまで家では食べたことのないような食材を中心に買ってみたい。殻つきのウニや牡蠣、どじょうや沢がに、丸々一尾のホウボウ、毛がにくらいのサイズで1杯500円の「くりがに」なんてのも気になる。目移りしすぎて売り場を何周もしてしまい、店員さんから見れば完全に不審者だったろうが、それでもなんとか選び終える。会計をし、自由に使っていい発泡スチロール箱と氷で梱包する。ギリギリ自転車の前カゴに収まった。

自宅に帰り、あらためて買ってきたものたちを眺める。

目玉は、とりあえず駅前のスーパーなどでは一度も見たことのない、生の「コウイカ」。それから、青緑色の卵を抱いた刺身用甘エビ。北海道産の「本ます」のアラのパックには、たっぷりの身とともに、卵も入っている。カレイのエンガワもスーパーにしては珍しい気がして選んでみた。

さぁ、これらをさばき、盛りつけ、鮮魚晩酌としゃれこもう。

まずはネットで「マス　卵　食べかた」などと検索し、魚卵の処理を試みる。どうやら、40度くらいのお湯で洗いながらほぐし、醤油漬けにするのがオーソドックスなようだ。しかし試してみると、一粒一粒がかなり小さく、それらをまとめている膜が非常に強力で、まったく思いどおりにいかない。10分くらい奮闘してみたものの、卵はただただぬるま湯のなかに散りゆくばかり。とても残念だけ

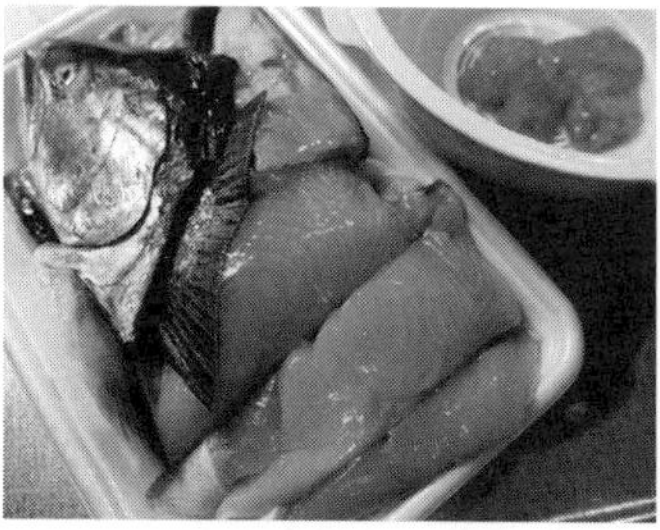
アラとは思えないほど身がたっぷり

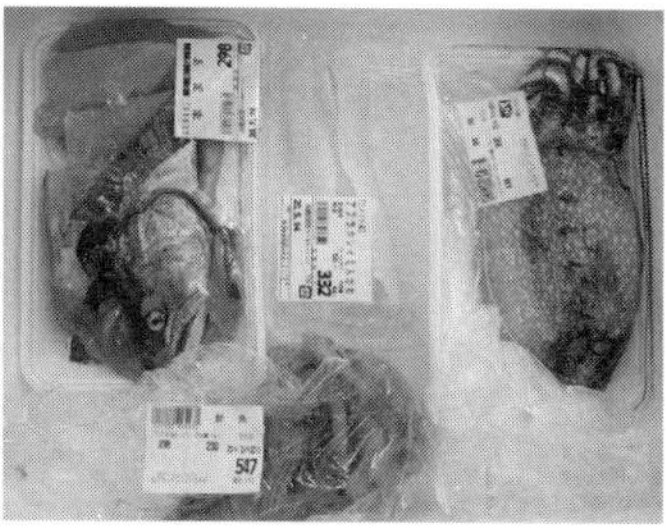
市場帰りの荷物の風情

ど、これを食べるのはあきらめるしかなさそうと判断した。本ますよ、悪い。しかしこれ、正解はどうだったんだ。

気をとりなおし、コウイカさばきにかかる。

僕は料理が嫌いではなく、たまに興味本意で魚をさばいてみることもあるし、なかで特にイカをさばくのは楽しいものなんだけど、それは一般的なスルメイカあたりの話。胴体にカッチカチの「甲」が入ったイカと対峙するのは初めてだ。というわけでこれまた検索。すると、胴体前面に縦に1本、包丁でピーッと切れ目を入れると、スルッと甲が抜き出せるらしい。ほんとかよ。半信半疑ながらもやってみると、驚くべきことに、ほんとだった。

甲は半透明のプラスチックのような材質で、軽く、それでいてものすごく堅牢。すごい生物だな。どういう進化だ。おもしろいけど使い道はなさそうだと思って捨ててしまったけど、あとから調べてみたところ、なんとこの甲、カルシウムが豊富で、小鳥のエサとしての需要があるんだそう。知らないことっていくらでもあるな。

ともあれそこからは割と一般的なイカと同じノリでさばくことができた。もの

家のキッチンで見ると存在感がよりすごい

スルッ

すごく肉厚な胴体はイカ刺しに。それ以外の食べられそうな部分は、キモとスミと合わせてフライパンに放りこんでおいた。あとでバター醤油で炒め、イカゴロ焼きにしてやろう。

鮮魚を堪能しつくす夕べ

なんとか準備が整い、非常に天気がいいので、ベランダで飲みはじめることにする。酒はもちろん日本酒。わさびは、せっかくだからと本わさびを買っておろした。ちなみに、今日買ったどの魚介類よりも高い680円だった。

まずは労作のイカ刺し。これが衝撃的にうまい。歯ごたえがもう、プリプリを通り越してパツンパツン。それを噛みしめると、濃厚な甘みと、イカとしか言いようのないあの旨味が広がる。おろしたてのわさびのピリピリと心地よい刺激と、まるで花のような香りにも感動する。いつもより手をかけただけあって、イカ刺し1品だけでも、ものすごい満足度だ。コウイカ、一気に自分の大好物上位に食いこんできたな。

甘エビは、こんな薄っぺらい感想しか出てこないことが恥ずかしいけど、とにかく甘い。甘い甘いエビ。卵のプチプチもいいアクセント。それが心ゆくまで堪能できる頼もしい量が嬉しい。

エンガワはあらかじめだし醤油で漬けにしてみたんだけど、40代の自分にはちょっと脂っこすぎるかな。ひと晩酌に2、3切れでいい感じ。

ひとしきり堪能していたら日が暮れてきた。キッチンでイカゴロ焼きを作り、ダイニングに移動して第2部をはじめよう。

刺身はうまい。絶対にうまい。けれども、短時間に食べ続けていると突然、体がそれを欲しなくなるタイミングがやってくる。美しいサシの入った高級肉などと共通して、パワーがありすぎるのだ。そこで温かいものが嬉しい。バターと醤油で炒めたイカの、なんと味わい深いことか。さっきとはまた食感が違い、ブリンブリンだ。

あっという間に食べつくしてしまうと、当然「イカの旨味汁」が器に残る。それを再びフライパンに戻し、白米を加えて軽く炒め、器に戻す。

生命力あふれるコウイカの、キモとスミ。それから、バターと醤油。煮詰まっ

苦労の末の絶景

て濃厚になったその汁が、白米と絡み合う。見た目はそんなに良くないけれど、これ以上うっとりできるシメはなかなか見つからないんじゃないだろうか。

消滅するエンガワ丼

翌朝、とっておいた甘エビの殻でだしを取って味噌汁を作り、残っていた漬けのエンガワは、炊きたてごはんの上に並べ、バーナータイプのチャッカマンで炙りを入れてみた。

味噌汁、大変贅沢な味わい。昨日の美しき思い出がフラッシュバックする。

続いてエンガワを食べ、ものすごく驚いた。前日までは確かにあったコリコリとした食感が消え失せ、米とともにかっこむと、ジュワッと旨味だけを残して消えてしまうのだ。その味が染みたごはんのうまいこうまいこと……。この変化はどういうことだろう？　漬けて一日置いたから？　炙ったから？　米にのせたから？　もしくはそれらの複合的な結果？　さらなる研究は必要そうだがもしかしてこれ、新しい絶品料理を生み出してしまったんじゃないだろうか？

見た目は悪いが最高にうまい

今回買った魚介類の合計は、1660円だった。そこに本わさびを加えても2340円。それでこれだけ楽しめてしまったうえ、まだ本ますのカマもわさびもたっぷり残っている。

いつもと違うスーパーへ行ったり、いつもと違うものを買ったりして、せっかく時間があるんだし、ちょっとだけ手をかけてみる。それで得られる非日常感は、なかなかのものだった。

ちなみに今夜は晩酌のシメに、ごはんにわさび、かつお節、醤油をかけた「わさび飯」を食べてやろうとたくらんでいて、今からそれが楽しみでしかたない。

偶然生まれた絶品料理

大人の自由研究「焼酎採集」

必要な器具と下準備について

「この店のウーロンハイ、濃いな〜！」これ、僕と同類のお酒好きの方にはきっと共感してもらえるであろう、酒場においてたまらなく嬉しい瞬間のひとつですよね。誰もが無駄に笑顔になっちゃうやつ。

しかしよく考えてみると、じゃあどのくらい濃いんだろう？　ストロングゼロくらい？　もっと？　気になったので、実際に計測してみることにしましょう。

今回の計画にあたり、なんでも売ってるインターネットで、「アルコール濃度計」を買いました。これがかっこいい！　超かっこいい！

誕生日に望遠鏡や顕微鏡をおねだりしていた子供にお父さんが間違って買い与

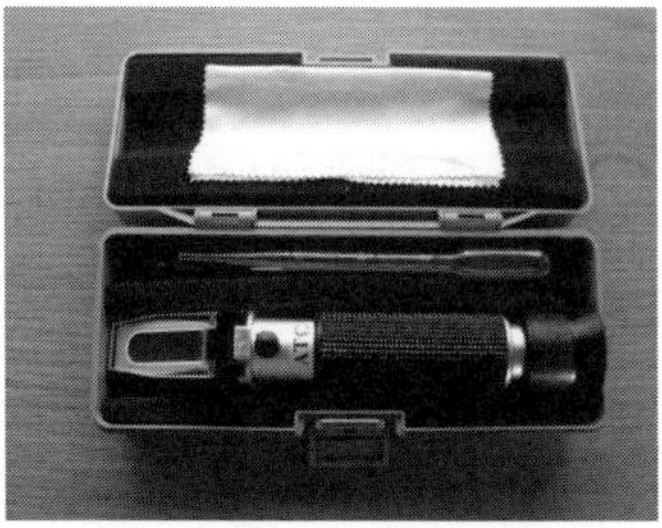

正式名称「0-80％アルコール屈折計」

えてしまったらトラウマ必至ですが、今の僕にとっては他のどんなプレゼントよりも嬉しい。ちなみに2500円くらいでした。

ただこの濃度計、万能というわけではなく、日本酒やワインなど、糖分の含まれる醸造酒の濃度は正確に測れないそう。となると、甘みのあるレモンサワーなんかも無理でしょう。じゃあ甘くはないけど炭酸が含まれるプレーンチューハイは？　いろいろと試してみておいたほうがよさそうです。そこでまず、確認のためにあれこれ測ってみることに。

計測手順は、先端にある「検査プリズム」に対象の液体を1滴たらし、蓋板をかぶせ、接眼鏡を覗きこむ。

まずは「25度の甲類焼酎」を検査プリズムにのせ、調節ネジでぴたりと25度の位置に調整します。

これで準備ができたはず。そこでこんどは、試しに「20度の甲類焼酎」を測ってみる。するとメモリは21%のあたりを指しています。

いきなり若干のずれがありますね。市販の20度の焼酎が実は21度ということはないだろうから、環境やらなんやらで誤差が生じてしまうのはしかたないのかな。

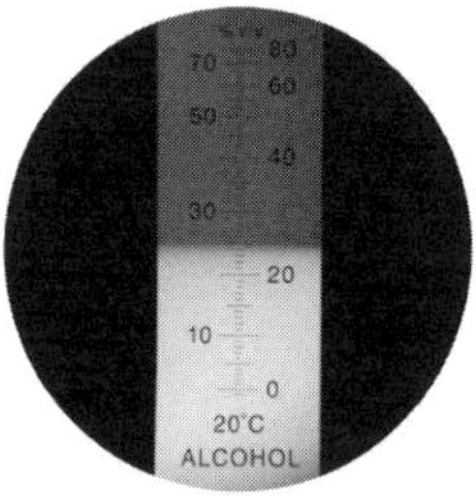

ぴったり25%の位置に調整

何度測りなおしても同じ数値になってしまったので、今回は誤差の範囲ということでこのまま続けることにします。

続いて、20度の甲類焼酎と水をおよそ半々くらいで割ってみたところ、数値は約13％に。目分量だったのもあってか半分の10度にはならず、というかそう単純に計算できるもんでもないのは当然か。ここから先は数学の分野に突入していきそうなので、今回は深く考えずに先を急ぎます。

同様に、炭酸水、ウーロン茶、コーラでも計測してみましょう。

・20度の甲類焼酎の炭酸水割り↓13・5％
・20度の甲類焼酎のウーロン茶割り↓14％

やはり若干のブレがありますが、ここも誤差の範囲と考えて先を急ぎましょう。

・20度の甲類焼酎のコーラ割り↓25％

焼酎と水およそ半々の液体

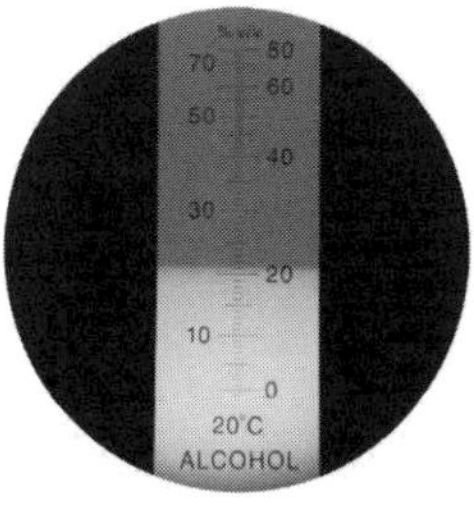

20％ちょうどになってくれると嬉しかった

これがもし正確な数値ならば錬金術ですが、もちろんそんなことはなく、糖分に反応してしまっている模様。というわけで、甲類焼酎の水割り、プレーンチューハイ、ウーロンハイなどの糖分のないお酒の度数に関しては、ある程度信用してよさそうということがわかりました。

さて、前置きが長くなりましたが、ここからは難しいことは考えず、お酒の濃度を測り比べていきましょう！

自宅のチューハイ

まず気になるのは、いつも家でバカのひとつ覚えのように飲んでいるプレーンチューハイ。あれってどのくらいの度数なんだろう？　と、なるべく普段どおりを心がけて作ってみたところ、結果は「7％」。

っていうか7％って、僕が普段からバカのふたつ覚えのように飲んでいる缶チューハイ、タカラの「焼酎ハイボール」の度数と同じじゃん！　誰もがそれぞれに自分なりのチューハイの度数を持っているとするならば、僕にとってはそれが「7」だということが今、判明しました。

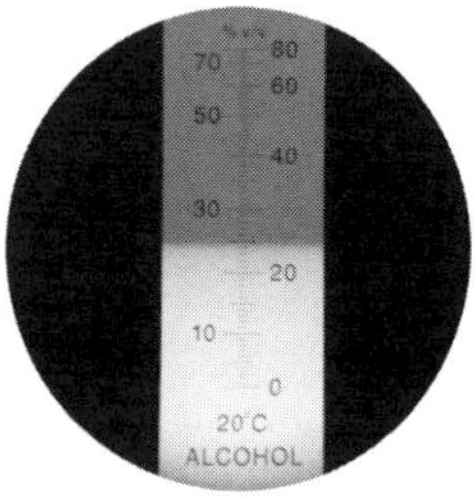

コーラで割ったら度数が増えた!?

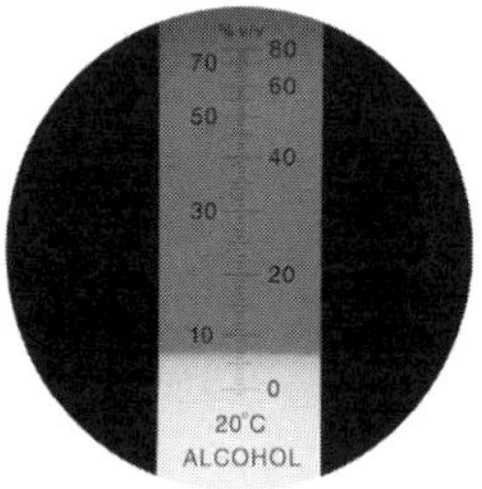

おぉ！　このくらいだったのか！

これ、今後の人生の指針になるな。

「日高屋」のウォッカソーダ割り

さて、実は僕が飲食店で飲んでいて、冒頭とは逆に「ここのお酒、薄めだな」と感じることが多いのが、人気中華チェーンの「日高屋」でした。

あ、断っておきたいのですが、これは決して批判ではありません。世の中誰もが濃いお酒を求めているわけではなく、軽く飲みたい気分の人もたくさんいる。缶チューハイにだって、ストロング系もあればほろよい系もある。それに日高屋はそもそも、居酒屋じゃなくて中華料理屋。つまり、それぞれのお店が、お客さんがもっとも求める濃度にお酒の濃さを調整しているだけのこと。だからこそ、その濃度を知ってみたかったのです。

日高屋のチューハイはウォッカベースで、お値段260円。気になる度数は「6％」。おー、「マイ濃度」であるところの7よりも1低い。だからだったのか！　と、ものすごい納得感。ただ、たとえば缶チューハイの「氷結」が5％なので、別に薄いってことはないですね、日高屋。

ちょうどいいおつまみ「3種盛り」とともに

「串カツ田中」のウーロンハイ

大好きなチェーン店のひとつ、「串カツ田中」。

こちらは「7％」。はい出たマイ度数！　体になじむわ～。日高屋よりも酒場寄りな串カツ田中は、濃度も若干酒飲み仕様といったところでしょうか。

町屋・居酒屋「G」のチューハイ

ここからは個人店系になるので、念のため店名を伏せます。

いい酒場の多い町屋の街で飲み歩きをしていて、失礼ながら「簡素な小屋」って感じの外観に惹かれ、ふらりと入ってみた小さなお店。ホッピーセットを頼んだら、届いてみてそのナカの濃さにびっくり。

そこで友達が頼んだチューハイを「ごめん、ちょっといい？」とスポイトで採集させてもらったんですが、絶対友達にいてほしくないよな、そんなやつ。もう、一緒に飲んでもらえないかもな……。

ともあれ、肝心のチューハイ（350円）の濃度は、なんと驚きの「12％」。

これは相当期待できます

体になじむウーロンハイ

濃いな〜！　一部で「酔いすぎて危険な酒」なんて言われているストロング系缶チューハイを余裕で超えてるじゃん！　冒頭のテストでやった、焼酎と水をおよそ半々で割った濃度にも近い。これだから街の酒場はこわい（し、天国）。

町屋・居酒屋「D」のチューハイ

町屋でその次に寄ったのが、メニューを見る限りかなりふざけてそうな店。なんですが、独創的なメニューがどれも絶品&リーズナブルで、またしてもいいお店でした。

気になるチューハイ（290円）の濃度は「11%」。これまた濃い！　何杯かのお酒を飲み、全体的にさっきのGよりは薄い気がしてたんだけど、酔いの加速ってこわいですね……。

下北沢・居酒屋「S」のチューハイ

下北では実は意外と珍しい、昔ながらの大衆酒場。何を頼んでも美味しく、居心地よく、安心の大衆価格で、大好きなお店です（残念ながら閉店）。

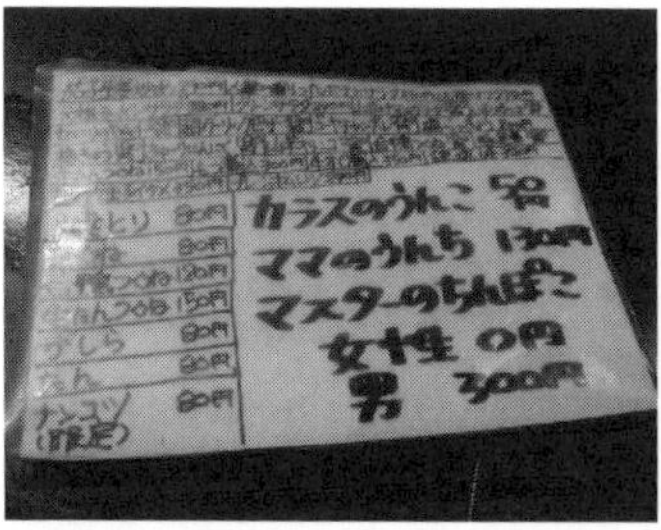

「D」の絶対に頼みたくない推しメニュー

ちなみにめちゃくちゃ良いお店でした

ここのチューハイもあまり濃いと感じたことはなかったんですが、結果は「12%」。えぇ！　そうなの⁉

なんだか自分の濃度感に自信が持てなくなる結果となりましたが、名バーテンダーの作るハイボールが驚くほど飲みやすいように、使っている焼酎、炭酸水、グラス、氷、混ぜかたなど、さまざまな要素が絡み合った結果なんでしょうね。

そしてはっきりとわかったのは、「個人経営の大衆酒場はやっぱり強い！」ということ。

今回の研究期間に採集できた焼酎たちは以上で、いろいろな濃度があったけど、確実に言えることがひとつ。どれもとっても美味しかったです。

気のきいたお通しと、チューハイ（300円）

「寿司チャーハン」と「チャーハン寿司」

居酒屋での偶然の発見

名作料理漫画『クッキングパパ』に「あまってしまった寿司を炒めてチャーハンにする」という回があり、WEB上にも「作ってみた！」的な記事やレシピがあふれています。ではその逆、「あまったチャーハンで寿司をにぎる」のはどうなのか？　気になって検索したところ、特に結果はヒットしません。よし、やってみっか。

その前にあの、そもそもなんですけど、寿司ってあまる？　あんなにめったにありつけないごちそうが、そうそう。むしろチャーハン食べたいなと思ってついい作りすぎ、あまらせちゃうことのほうが多くない？　つまり、そっちのほうがりアルじゃない？　じゃあなぜ誰もやってないんでしょうか。やっぱり美味しくないのかな？

という興味に加えて、この企画を思いついたのにはもうひとつのきっかけがありました。

以前とある居酒屋で何人かで飲んでいて、お刺身についてきたのがおろしたての「本わさび」だった。それがお皿にたっぷりと残っていた。そしてまた、誰かが頼んだチャーハンもテーブル上にあって、少しお皿にもらってつまみにしていた。

で、ほら、わさびって、そのまま舐めるとめちゃくちゃツーンとくるけど、脂の強いネタと合わせるとその刺激がぜんぜんなかったりするじゃないですか。そこで本当に何気なく、油っこいチャーハンと合わせるとどうなんだろう？　と、一緒に食べてみたんです。そしたらこれが、不意打ちな美味しさ！　予想どおりあんまりツンとはこない。けどそんなことはどうでもいい。油っこくて香ばしくてしょぱい米と、爽やかなワサビの風味がものすご〜く合う！　わさびチャーハン、とてもいいじゃない！　ということがあったんです。

パリッコ画

つまり、「寿司」と「チャーハン」は、わさびを媒介にしてお互いを自由に行き来できるんじゃないか？　本当はものすごく仲よくできるんじゃないか？　と考えたわけなんです。

まずは「寿司チャーハン」を作ってみる

それでは始めていきましょう。まずはクッキングパパのレシピを参照に、「寿司チャーハン」を作ってみます。さっき「リアルじゃない」なんて批判めいたことを書いてしまいましたが、実際に作ったことがないんじゃあ超ダサいですからね。

スーパーで買ってきたパック寿司を解体し、フライパンでシャリを炒めていきます。なかなかほぐれてくれない酢飯を木べらで崩していると、キッチンにお酢の香りが徐々に広がり、「自分は何をやってるんだろう？」という気になってきますね。

次に、シャリからはがした寿司ネタを包丁で細かく切って加えます。しかしな

シャリを炒めていく

がらこの工程が、心が痛い！　ちょっと鮮度が落ちてしまったものならまだしも、今買ってきたばっかりのお寿司。自分でやりはじめた実験なのでしかたないとはいえ、本音を言えばそのまま食べたかった！

そこに卵を加え、塩コショウ、醤油などで味をつけ、荒岩係長の「コチュジャンが酢めしの酢を中和して　うまいチャーハンができるぞ!!」というセリフを素直に信じ、それも加えて寿司チャーハンが完成。

さっそく味見をしてみます。ひと口、ふた口。なるほど、こういうものか。

3口、4口。あれ？　なんかクセになってくるな。

5口、6口。うわ、これ、むちゃくちゃうまくないか!?

さすが荒岩係長。さすがうえやまとち先生。元が寿司なので酸味は残っているんですが、確かにコチュジャンの風味とマッチしてごく自然。むしろそのほのかな酸味が、どこかチキンライスのような懐かしさも感じさせ、ふだんとはひと味違う海鮮チャーハンになっています。

いよいよ「チャーハン寿司」を

「寿司チャーハン」

細かく切ったネタを加える

寿司チャーハンが美味しいことはしっかりと確認できたので、いよいよチャーハン寿司を作っていきましょう。チャーハンの具は刻んだネギと卵だけ、味つけも塩コショウ醤油のみのシンプルなもの。パラパラッとしているとにぎりづらそうなので、炊きたてのふっくらとしたお米を使い、油も多めに、若干べちゃっとした仕上がりを心がけてみました。

さてさて、このチャーハンをシャリ代わりに寿司をにぎっていきましょう。が、当然のことながら、これがなかなか難しい。こんなに力いっぱいシャリにぎってる寿司職人いる？　ってくらいにえいやっと力をこめ、ギュッギュッギュッと圧力をかけて、やっとなんとかまとまる程度。冷めきって少し固くなったチャーハンだとまた違ったりするのかな？　なにせノウハウがないもので。

そこへ、わさびを塗ったネタを慎重にのせ、最後におそるおそる上からおさえつけて、なんとか形にはなりました。

今日のネタは、タイ、マグロ、エビ、イカ、サーモン。個人的には、目の前に広がる間違い探しのような違和感たっぷりの光景だけで、すでにけっこう満足し

「チャーハン寿司、お待ちっ！」

チャーハンを作りました

てしまっています。

さて、案外うまそうではあるけれども、実際どうか。いよいよ実食。ちなみにチャーハンのシャリはやはり通常より崩れやすく、やむをえず上から醤油をたらして、手でそーっとつかんで口へと運んでいきます。

まずはタイ。ぱくり。モグモグモグ……。

うわ〜、ええとこれは……〝チャハーンと刺身〟だ！

詳しく解説するならば、美味しいチャーハンと美味しいお刺身のふたつが同時に口のなかにある状態。それ以上でもそれ以下でもなく、決して「チャーハン寿司」というひとつの料理ではない。当然、まずくはない。どちらかといえば美味しい。けれども、形状が寿司なので、食べてるとものすご〜くお酢の味が恋しくなってきます。

以下、感想としてはどのネタも同じで、チャーハンが下に来るように食べればチャーハンと刺身。刺身が下に来るように食べれば刺身とチャーハン。そう感じかたが変わるくらいですね。はっきり言って、チャーハンがあまったからってわざわざ作る必要はないように思います。

見たことがあるようでない料理

というかそもそもなんですけど、冒頭で僕、「寿司よりチャーハンがあまりがちなんだからこっちのほうがリアル」とか言いましたよね。ただ、たとえチャーハンがあまってしまったとして、冷蔵庫に寿司ネタがあるという状況がほぼありえないですよね。よく考えてみると。何ひとつリアルじゃなかった。おじさんが想像した若者のリアル、みたいな？

というわけで、「やってみなければわからないことをやってみたところ、やってみなくてもいいということがわかった」という結果になった今回。それを知れただけでもじゅうぶん。なんですが、最後に残りのチャーハンをわさびと一緒に食べてみたら、やっぱりおつまみに最高ということが再確認できるという、嬉しい収穫もありました。

チャーハンにわさびは合う！

下赤塚フレッシュ・トライアングルの謎

スーパーマーケットミステリー

先日、ライターとして参加しているWEBサイト『デイリーポータルZ』が主催するオンラインイベント「練馬ナイト」に、ゲスト出演させてもらった。

僕と同じく練馬区在住だったり、ゆかりのあるライターさん数名が集まって、とにかく練馬区のネタだけを喋るというニッチなイベント。その事前の打ち合わせで、ライターの伊藤健史さんが、地下鉄赤塚駅と平和台駅の中間地点くらいにある「フレッシュスーパーおおき」の佇まいが味わい深いと教えてくれた。検索して写真を見てみると、確かに昔ながらの気どらないスーパーといった良さがある。

新型コロナウイルスによる緊急事態宣言が全国的に解除され、少しずつ日常が戻りつつある今日このごろ。不要不急の遠出などにはまだ不安があるけれど、ここなら運動がてら家から自転車で訪れることもできそうだ。よし、行ってみよう！　と、地図で詳細な場所を確認。すると、世にも奇妙で驚くべき事実に気がついてしまった……。

フレッシュスーパーおおきがあるのは、「ハッスル通り」という商店街らしい。そこからそのまま北上し、東武東上線を越えて少し行ったあたりに「フレッシュマートこいずみ」という、同じ「フレッシュ」を冠するスーパーがある。それだけならばただの偶然と片づけることもできるだろう。が、話はそこで終わらない。何気なく地図をズームアウトしていくと、西方、光が丘公園のはしあたりに「フレッシュひかり」という、これまたフレッシュなスーパーがあるのだ。

妙な胸騒ぎがした。

その地図をプリントアウトし、それぞれのスーパーを直線で結んでみる。すると驚くべきことに、そこには、まるで地下鉄赤塚駅、東武東上線下赤塚駅を守る結界であるかのような、美しき正三角形が浮かび上がったのだ！

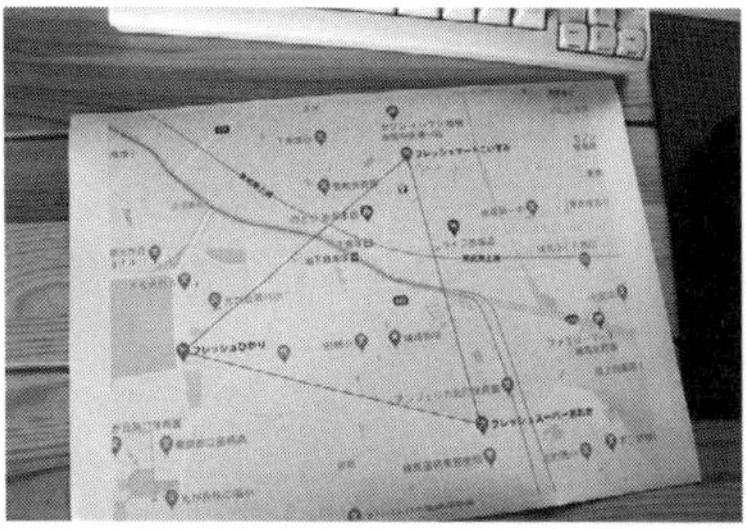

不気味に浮かび上がったトライアングル

どういうことだ？　そういえば以前に一度、下赤塚駅界隈を散策したことがあったが、町並みや道ゆく人々に妙なフレッシュ感があった。

僕は、何者かが意図的に描いたとしか思えない「下赤塚フレッシュ・トライアングル」を、すべて巡ってみることにした。

ある晴れた昼下がり、気温は30度を超える夏日。これを使うと、まるでガンガンにエアコンの効いた部屋にいるように涼しくて最近気に入っている「アイスノン シャツミスト」をTシャツの裏にたっぷりと吹きつけ、僕は颯爽と愛車の「ファンキー・フレッシュ号」（今名づけた）を漕ぎだした。

30分ほどでハッスル通りに到着。昔ながらの町中華や商店がポツポツと並ぶ、正直あまりハッスルな感じはしない商店街だが、僕は好きだ。そのなかに、いよいよ、ひとつ目のフレッシュスポットが見えてきた。

3つのフレッシュスポットを巡る

うん。確かにこれはいい。「フレッシュ」「スーパー」「おおき」それぞれのフ

練馬区の平均的な風景

ォントや色使い。巨大な「O～Ki」のネオンは夜にも見てみたい。上に見える母屋の風合いも見事だ。店頭に水草の「ホテイ草」が売っているのとか、いちいち僕の好きな感じのツボを突いてくる。

店内はそれほど広くはなく、過度な装飾もない。大阪の「スーパー玉出」のド派手さも好きだが、やっぱり落ち着くのはこっちのテイスト。ぐるぐると3周ほどしながらその味わいを堪能する。

ところで今日は、後ほど行うある計画のため、それぞれの店で「これぞフレッシュ！」という一品を購入していこうと思っている。どうやらこの店で手作りする惣菜はなく、すべて仕入れのもののようだが、138円の「焼きうどん」が、光が丘の業者で作られたものらしい。この店からの距離を考えると、まずまずフレッシュと言えるだろう。それと、これまた胸を射抜かれてしまった、久々に見た135㎖のビールのミニ缶も思わず買う。

続いて板橋区に突入し、「フレッシュマートこいずみ」へと向かう。10分ほどの移動で到着したその店は、フレッシュスーパーおおきよりもさらにこぢんまりとしていて、かわいらしい。アボカドが2個120円、「キレートレモン」が2

裏手に回ることもできる。このかっこよさ！

「フレッシュスーパーおおき」に到着

本で100円など、目玉商品がかなり安い。棚に「イナゴ甘露煮」なんてものがしれっと並んでいたりして、個人商店の楽しさが詰まっている。

ここでは、これがフレッシュでなければ何がフレッシュ？　とすら思えるネーミングの「さわやか大根」なる商品を購入した。

最後に向かうのは光が丘にある「フレッシュひかり」。到着してみて驚いたのは、その規模の大きさ。にぎわい。品ぞろえ。野菜売り場も鮮魚売り場も精肉売り場も、それぞれが専門店のような規模。どうしてもお客さんの顔が写ってしまうので、店頭写真を撮れなかったほどだ。

ずらりと並ぶ色とりどりの品を眺めているだけでワクワクする。もう少し家が近ければ、ここにばかり通ってしまうかもしれない。

ちょっと珍しくてうまそうな刺身なんかにもかなり惹かれたが、暑いなか自転車を漕いで帰ることを考えて念のため控えた。そのかわり、「え、何これ～!?」と、思わず声をあげそうになった衝撃の品、野球のグローブくらいある「ビッグチキンカツ」270円を買った。

「フレッシュマートこいずみ」

プレーンチューハイにフレッシュパワーを注入

ほどよい疲れを感じつつ、家に戻る。さっそく今日の計画を実行に移そう。

計画とはこうだ。３つのフレッシュスポットで手に入れたフレッシュアイテムたちを、店の立地と同じように正三角形に並べる。中心にグラスを置き、いつもとまったく同じ手順で、甲類焼酎に炭酸水を注いだだけのプレーンチューハイを作る。３分待って飲む。理論上はこれでフレッシュ・トライアングルのパワーが注入され、チューハイのフレッシュ感が増すはずだ。

３分後、いよいよチューハイを飲む。慎重にグラスを持ち上げ、ごくりとひと口。するとどうだろう！　とてもいつもと同じチューハイとは思えない、究極のフレッシュ感が全身をかけめぐる。まるで、兵庫県宝塚に湧き立つ「ウィルキンソン」の炭酸鉱泉を直接浴びているような、そこに、この世のすべての柑橘類のフレイバーを極限まで絞り加えたような爽やかさ。フレッシュ・トライアングルのパワーは、やはり実在したのだ！

下赤塚フレッシュ・トライアングルが、いつ、誰によって生み出されたかは、

やりかたは間違っていないはず

こんなでかいカツ見たことない

今のところ定かではない。が、何者かの明確な意図のもと、計画して作られたものであることは疑いようがない。それは、僕の胃に収まってなお心地よく弾けつづけるチューハイの泡が証明している。

今現在、もしこのトライアングルの内側に居住しているという方がいるならば、ぜひその幸運を噛みしめていただきたい。

フレッシュ３種盛りはいいつまみになった

さよなら離乳食カレー

大量にあまったレトルト離乳食をどうするか

我が家にはひとり娘がいて、現在約2歳半になります。ありがたいことに、夜泣きやイヤイヤ期があまりにも大変すぎる、というようなこともなく、とても育てやすくていい子だなと思うものの、もちろん苦労もなくはありません。

そのいちばんが食事の問題。親としてはメニューにしても食材にしても、どんどんいろいろ食べてもらいたいのですが、基本的に知っているものしか食べない。もっと小さいころなら、とりあえず口もとに運べば食べていた離乳食も、好みが出てきたのか食べなくなって、少し前までは毎日毎日、食パンの白い部分とヨーグルトばっかり食べていた。

それでもここ最近、やっと、おにぎり、から揚げ、ハンバーグなど、あまり大人と変わらないようなものも好きになってきたようで、先日、我々が食べていた中辛のカレーに興味を示し、辛い辛いと言いながらもパクパク食べていたのにはちょっと感動してしまいました。

で、そうなってくると扱いに困るのが、念のためたっぷりと買ってあった、レトルトの離乳食類。もはや我が家にそれを進んで食べる者がいない。

とりあえずいったん整理してみるか。と、棚をひっくり返してみると、賞味期限が切れてしまったものが想像以上にたっぷりと出てきました。

期限切れといったってもとが保存食だし、賞味期限も、数日から長くて数ヶ月前。ひとつひとつ状態を確認して注意することは必要だけど、食べられないことはないだろう。

あ、もちろん子供に食べさせるって話じゃないですよ。捨てるくらいなら、自分でどうにか消費できないか？　と考えたわけです。

でまぁ、こういう場合、結論はひとつですよね。全部ぶっこんで、「カレー」にしてしまおう！

一気に捨てる勇気は出ない

離乳食≠カレー

　そもそも僕は大のカレー好きであり、また「フィーリングカレー」を提唱する者でもあります。

　フィーリングカレーとは何か？

　家で作るカレーって基本的に、玉ねぎを炒めて、肉野菜を加えて煮込んで、そこにカレールーを加える、いわゆるオーソドックスな家庭のカレーが一般的ですよね。「スパイスからカレーを作る」なんて聞くと、「難しそうで無理！」としりごみしてしまう人も多いんじゃないかと思います。

　だけど僕、カレーってもっと自由でいいと思うんです。てきとうな具材を炒めて、100均に並んでいるスパイスからそれっぽいのを2、3種類選び、フィーリングで加えるだけで、それは立派なカレーである。と思うんです。

　それが僕だけが勝手に呼んでいるところの「フィーリングカレー」。

　そもそも本場インドには「カレー」と呼ばれる料理はなく、我々外国人が、香辛料をたっぷりと使ったインド料理の数々をいっしょくたにそう呼んでいるだけなんだそうですし。

そんなことを踏まえてもらった上で、以前から僕が度々唱えている説がありまして、それは「離乳食ってほぼほぼカレーじゃね？」というもの。

子供がもっと小さいころ、野菜をゆでてペースト状にしたものを小分けのブロック状に冷凍し、離乳食作りに使っていました。

しかし、幼い子供に与えるのは冷凍してから2週間までにしましょう、などと、ものの本に書いてあります。当然、よくあまる。するともう、何も考えずにそれらをフライパンに放りこむ。そこに、冷蔵庫にあるあまりものの具材と、スパイス、塩などをフィーリングで加えていくと、なんやかやでカレーになるわけです。ね？　そもそもが、食べやすいようにやわらかく加工した食材なのであって、離乳食って、ほぼほぼカレーじゃないですか？

前置きはこのくらいにして、現在家にあるあまり離乳食の内容を細かく見ておきましょう。

まずは「りんご」とか「かぼちゃとさつまいも」などの、隠し味に良さそうな

出だしは決まってファンシー

食材。入れて間違いはなさそうなものの、大量すぎるのが不安なポイント。

「炊き込みごはん」や「ピラフ」なんかは、すでにごはんが入ってしまってますね。最終的に、ごはんにごはん入りのカレーソースをかけることになりますが、まぁ大した問題じゃないか。カレーにはそれを受け止める度量がある。

その他、「酢豚」とか「中華あんかけ」あたりはまぁ安心感あるかな。「アンパンマンカレー」なんてそもそもカレーですからね。なんとも頼りがいがあります。

最後にもっとも問題と思われるのが、たっぷりの「シリアル」。どうにかして使いたいけど、鍋にそのまま入れてしまうと他の食材の水気を吸ってドロドロの惨状を生みだす予感。どう使おうかな……。

ま、フィーリングでやっていきますか。

離乳食カレーを作ろう

ではカレーを作っていきましょう。まずは家にあるいちばんでかいフライパンにたっぷりの油をひき、スパイス「クミン」を炒めていきます。僕はとにかく

問題児

どう転んでも最後はカレーに

クミンが好きなので、大量に。実はカレーって、クミンでなんらかの具材を炒め、塩気を足せば成立するとすら思っています。

続いてニンニクとショウガを入れる。離乳食はどれも穏やかな味わいのはずなので、カレーらしいパンチを出すためにたっぷりと。

香りがたちはじめたら、あとはどんどん離乳食を加えていくだけ。基本、ほとんどの品にとろみが付いているので、全体的にトロトロですね。いわゆるカレーの自然なとろみとは違うであろう、このあたりが吉と出るか凶と出るか。

仕上げにフィーリングでスパイスを投入。今回は「チリペッパー」「コリアンダー」「ターメリック」。大きい100均に行けばぜんぶ売ってます。最後に塩（割と思いきって入れたほうがカレーとしてうまい）で味を調え、とどめの「追いクミン」を加えて、「さよなら離乳食カレー」が完成！

いよいよ実食

よし。ちゃんと茶色いし、ちゃんとカレーだ。見るからにいろいろな食材がふ

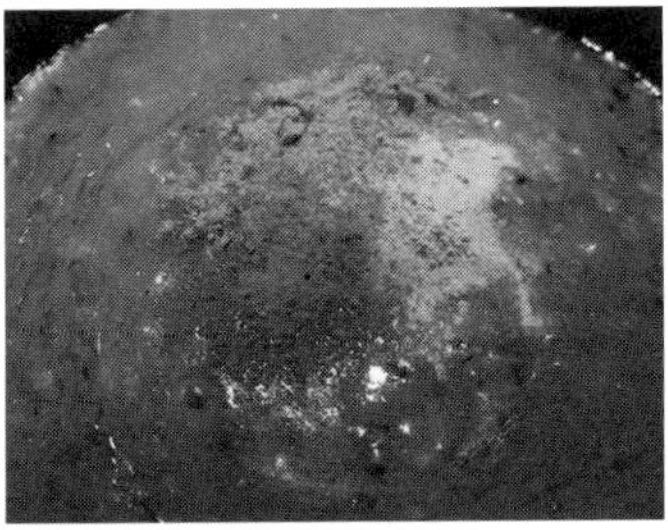

どんな味になってるかな〜？

んだんに使われていて、普通に美味しそう。ただ、ちょっと見た目が寂しいですかね。

そこで最大の不安要素だったシリアルが登場。こいつをトッピングとして利用することにしました。うんうん。とりあえず、かわいいぞ！

では、いただきます。モグモグモグ……お、これは、予想の10倍カレーだ！　たっぷり桃やリンゴが入っているので、かなり甘くてフルーティー。が、スパイスは偉大。そこに爽やかな刺激や辛味が加わって、ぜんぜん美味しいカレーになってます。

心配していた「とろみ」問題も、いわゆるサラサラとしたスパイスカレーとは違い、日本風のカレーに近いものの、まったく違和感はなし。シリアルのサクサク感もアクセントによし！

もとが離乳食であることも忘れて一気に食べ終え、ふ〜、ごちそうさまでした。

シリアルをパラーッ

お皿に盛って

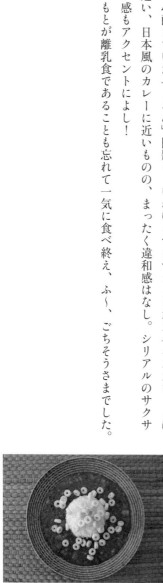

【今日のレシピおさらい】

この記事のカレーを再現したい人は絶対にいないと思いますが、参考までに材料の分量を記載しておきますね。

・WAKODO「やわらか酢豚」(2袋)
・WAKODO「お魚の甘からつくね」(1袋)
・WAKODO「海鮮五目中華あんかけ」(1袋)
・WAKODO「じゃがいものそぼろあんの素」(1袋)
・WAKODO「はじめてのシリアル」(適量)
・イシイ「チキンライスの素」(1袋)
・グリコ「1歳からの幼児食 八宝菜」(1袋)
・永谷園「アンパンマンカレー ポークあまくち」(小袋2)
・永谷園「アンパンマン 野菜あんかけ丼」(小袋1)
・キューピーベビーフード「ももとりんごのジュレ」(2瓶)

・キューピーベビーフード「りんご」（1瓶）
・キューピーベビーフード「かぼちゃとさつまいも」（1瓶）
・キューピーベビーフード「かれいと野菜の炊き込みごはん」（1個）
・キューピーベビーフード「まぐろと野菜の彩りピラフ」（1個）
・クミンシード（適量）
・チリペッパー（適量）
・コリアンダー（適量）
・ターメリック（適量）
・塩（適量）

あえて作ろうとしなければ人生において食べる機会はそうそう訪れないであろう、あまった離乳食総動員カレー。他にないマイルドな美味しさを噛みしめていると、まだ娘が乳飲み子だったころを思い出したりしてちょっぴりセンチになりつつも、自分は一体何を食ってるんだ？　っていう謎の感覚もおもしろく、良き人生経験になりました。

さよなら離乳食カレー

ホットサンドメーカーで1週間昼食焼き固め生活

ホットサンドメーカーにハマッてます

最近「ホットサンドメーカー」にどハマりしています。パンを両面から挟むように焼けるフライパンで、熱々カリカリのホットサンドが家庭で気軽に作れるあれ。が、別にホットサンドを頻繁に食べているということはなく、このホットサンドメーカーを調理器具とみなし、いろんな食材を焼いてみては晩酌のつまみにするのが楽しくてたまらないんです。

基本的には、焼きたい食材を挟み、弱火で両面じっくり火を通すだけ。いきな

これです

り強火でいくと焦げますから、あせらずじっくり。「油がはねない」「パカッと開けて気軽に火の通り具合を確認できる」「しばらくほっとけば勝手に焼けている」「蒸し焼き状態で食材がふっくらジューシーに焼きあがる」「最後に強火でさっと焼き目をつけると、見た目もそそる」などなど、利点を数えあげればきりがなく、次はどんな食材をどんな味つけで焼いてみようかな、なんて、可能性は無限大。

たとえば「野菜の肉巻き」なんかは、見よう見まねで肉を巻いた野菜をてきとうに並べて焼くだけでものすごく美しく焼き上がるし、鶏の手羽先や手羽元に塩コショウをしてただ焼くだけでも最高のおつまみに。

ある日、あまりにもハマりすぎた結果、思っちゃったんですよね。「今日の昼メシ、これで焼き固めてぇ……」と。

理由などない。そうするしかなかった

理由などない。焼き固めたいと思ったからそうするしかなかった。そうとしか

野菜の肉巻きってこんなに簡単にできるんだ

説明できないのですが、僕の場合、一時的に何かにハマると、人の制止を振り切ってでもやりすぎないと懲りないのはいつものこと。

というわけで以下、とある1週間の、僕のお昼ごはんの記録です。

月曜日　天丼弁当

そもそものきっかけはこのお弁当だったんです。

ある日、僕は地元のローカルスーパー「カズン」で買い物をしていました。最後にレジ近くの惣菜コーナーにさしかかり、色とりどりの惣菜やお弁当を眺めていたところ、この天丼弁当が目に入った。次の瞬間、「美味しそう！」ではなく「焼き固めたい！」と思った。思ってしまった。

無論、人生で初めての感情です。が、ホットサンドメーカーにどハマり中の今、あまりにもぴったりと、あの艶めかしい鉄の四角形に収まりそうな予感がしたもので。

で、買って帰った。

家に帰り、いそいそと天丼をホットサンドメーカーに移設する。すると、わは

素直に美味しそうなこの天丼弁当を

は！　そら見たことか！　あまりにもJHS！　ジャスト・ホットサンドメーカー・サイズじゃないか！　ふぅ満足。もう、結果がどうなろうと知ったこっちゃないほどに。よし、ここからはおまけだ。焼き固めていこう。そして、大いに食べよう。

焼き上がった天丼は、ホットサンドメーカーからお皿へ、スルリとすべり落ちました。はしっこをつまんでみると、もはやひとつの個体。それを箸でちぎりながら食べ進めていきます。

ガブッ！　モグモグモグ……。うん、うまい！　わかりやすく言えば、天むすを焼きおにぎりにした感じ。天ぷらはサクサクで、そこにふわふわの炊きたてごはんではなく、カリモチの焼きおにぎり食感が合わさる。知ってそうで知らない味わい。おもしろい美味しさ。

正直、今後天丼を毎回焼き固めるかと聞かれれば、いいえ、そうはしません。けれども、買ってしばらく経って冷えきってしまった天丼を酒のつまみにしたいときなんかには、かなりあり。

というか、天ぷらが揚げたてのようなサクサク食感を取り戻しているので、天

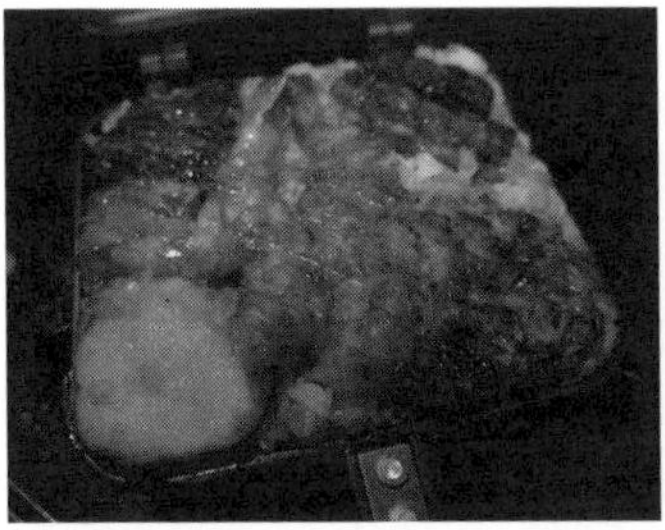

うわ、表面がジュージューいってる！

ホットサンドメーカーへ移設

ぷらの再加熱にこそ有効な手段なのでは？

【月曜日の気づき】ホットサンドメーカー、天ぷらの再加熱に最適

火曜日　コロッケカレー

今日のお昼は大好物のカレーです。カレーは昨日の夕食の残りです。美味しいですよね、２日目のカレー。

テフロン加工の効果か、焼いたカレーの表面には香ばしく焦げ目がつき、それが気持ちいいくらいにペリリとはがれてくれました。

そして昨日の天ぷらに続き、コロッケがジュージューと揚げたてのよう。

味は、ちょっと小粋なカレー屋さんなんかにある焼きカレーそのもので、文句なく美味しいです。２日目のカレーに変化が欲しい向きにはもってこい。チーズなんかトッピングしても合うだろうな。

ただし、ごはんの底面までがカリッと香ばしく焼けている点は、一般的な焼きカレーと違うところ。おのずと、バクバクではなく、スプーンによる〝掘削食べ〟スタイルになります。

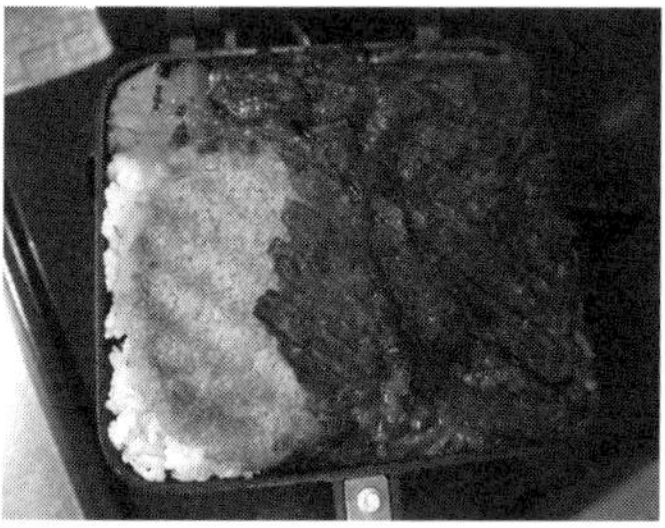

あ、焼きカレーだ！

カレーを焼き固めると

そうやって食べてみて気づいたのですが、かつての偉人が残した「カレーは飲みもの」という言葉はまったくそのとおりで、カレーライスって、あまりにも美味しく、かつ食べやすいもんで、気づくとすごい勢いでバクバク、2分くらいで食べ終わっちゃってることが多いんですよね。それで、あぁ、もうちょっと味わって食べればよかった、と後悔する。あくまで僕の場合。

ところがこの焼き固めカレーは、ごはんがカリカリなぶん、必然的にゆっくりよく噛んで、味わいながら食べることになる。それがついついカレーを飲みがちな自分としてはありがたい。

いやぁ、やってみないとわからないことってていくらでもありますねぇ。

【火曜日の気づき】カレーを焼き固めると、飲めない

水曜日　ナポリタン

娘の朝食用に多めにゆでた、素のゆでおきパスタが適量残っており、「ナポリタンでも作って焼き固めるかぁ」と思い立ちました。

というわけでまずはナポリタンを作るわけなんですが、いったんフライパンで

作って、なんてしゃらくさいですよね。そこで、ナポリタン作りの段階からホットサンドメーカーでいってみることに。

まずは、油を塗ったホットサンドメーカーに、ソーセージと野菜をのせ、閉じてできとうにシャカシャカと振ります。およそ火が通ったらパスタとケチャップを加え、またしても閉じてシャカシャカ。

すると、笑っちゃうくらい見事にナポリンタンの完成。もちろん、焼き固める前提がなければ普通にフライパンのほうが作りやすいかとは思いますが、たとえばアウトドアで熱々のナポリタンが食べたい！　なんてときには、かなり使える方法なのではないでしょうか。

で、これをそのまま食べりゃあいいものを、粉チーズとコショウをふり、再度ホットサンドメーカーを閉じて焼き固める。さっき一度完成していたような気もしますが、あらためて完成。

これが、パリパリもちもちでなかなか美味しい。中華料理の有名店「梅蘭」名物の焼きそばって、カリカリに焼き上げた中華麺に具沢山の餡が包まれているスタイルじゃないですか。もしかしてあれも、ホットサンドメーカーを使えばお手

焼き固められたナポリタン

できちゃった

軽に再現できるんじゃないかな。

【水曜日の気づき】　ホットサンドメーカーならナポリタンも作れる

木曜日　ハンバーガー&ポテト

なんだか今日はハンバーガーの気分だな。と、マックへ。最近お気に入りの「スパチキ」（スパイシーなソースが挟まったチキンバーガー）と、ポテトのSを買ってきました。

今日はスパチキにとろけるチーズをプラスし、ホットサンドメーカーにはバターを溶かして、ジャンクに焼いていきます。

するとですね、味のベースは完全にいつものマックなんですよ。けど、食感がパリパリとクリスピーで別物。結果、頭が一瞬混乱するんだけど、とにかく暴力的にうまいことは間違いない。

これもあれだ、アウトドアで、それぞれに思い思いのハンバーガーを持ち寄って、あれこれ焼き固め比べたりしてみると楽しいかも。

ポテトも、ふにゃふにゃだったのが極限までカリカリになってて感謝です。

次に流行るカフェ飯、もしくは「月餅」

こりゃ絶対うまい

【木曜日の気づき】味はマックなのに食感が違うと脳がバグる

金曜日　ドリア風ラザニアごはん

前日の夕食が妻作のラザニアでした。我が家のグラタンやラザニアは、たっぷりと作って翌日にも持ち越すことが多い。そういうとき、チンしてごはんの上にのせ、ドリア風に食べるのが密かな楽しみだったりします。そこで今日は、ホットサンドメーカーに、ごはん、ラザニア、チーズ、パン粉と重ねてゆき、焦げ目がつくまで焼いてみる。

すると、全面カリッカリでチーズがとろっとろで、今週食べてきた焼き固めランチのなかでも特にうまいぞ！　まぁ、この組み合わせを考えれば当たり前のことかもしれませんが。

【金曜日の気づき】ドリア風ごはんはホットサンドメーカーで焼くべき

土曜日　シウマイ弁当

この生活を続けていくなかで、どうしても焼き固めたいお弁当を思いついてし

チーズがとろ〜！

間違いない予感

まいました。

それが、おなじみ崎陽軒の「シウマイ弁当」。あの愛すべきお弁当が、そのままホットサンドメーカーにスポッとはまっていたら、最高にかわいらしいんじゃないかしら。

というわけで買いに行ったのですが、帰り道の時点で薄々気づいてましたよね。シウマイ弁当、思ってたよりでかくて、僕のホットサンドメーカーにはスポッとはまらないっす。そこで適宜食材を取り出して配置し直し、なんとか収納完了。

焼き固めると、見た目はそんなに変わらないながら、全体にまんべんなく香ばしい焦げ目がつきました。

これを食べはじめてすぐに気がついたこととして、シウマイ弁当っていつも新幹線などで食べるので、温めて食べたのは人生で初めて。あったかいシウマイ弁当、なんか新鮮。そして、確かにうまい。焼きシウマイも焼き筍煮も焼きアンズも、それぞれにおもしろい。

けれども、決定的に思い知らされたことがあります。それは、シウマイ弁当の、冷えた状態での完成度の高さ。

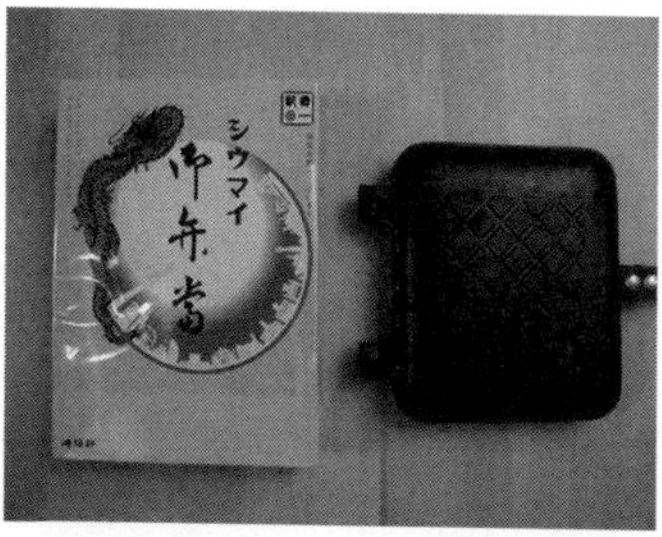

1.5倍はある

そもそも駅弁とは温め直すことを前提としていない食べ物。それゆえ、崎陽軒さんの企業努力により、冷たいままで食べても、いやむしろ、冷たいままで食べてこそ最高に美味しい料理として完成されている。

あぁ、焼き固めてあらてめて気づく、シウマイ弁当の偉大さよ。

【土曜日の気づき】シウマイ弁当、思ってたよりでかい

日曜日　ハンバーグサンド

今日は昼食焼き固め生活の最終日。思っちゃったんですよね。「最後はなにか変化球なものを焼き固めたい」と。そして至った結論が「サンドイッチ」、つまり「普通にホットサンドを作る」というもの。ザ・本末転倒。ごめんよ、今まで一度も本領を発揮させてやれずにいて。

挟んだ具は、100円ローソンのチルドハンバーグ、キャベツ、ピクルス、スライスチーズ、ケチャップ、マスタード。

さ～てどんなもんか、とかぶりついてみて度肝を抜かれました。あのう、このホットサンドってやつ、自分が今までの人生で作った料理のなかで、いちばんう

ホットサンドってこんなにうまいの!?

まいんじゃないの……？

パンはサクサク。ハンバーグふっくら。味は高級ハンバーガー。材料費は150円くらいのもんだと思いますが、これ、そのへんの店で売ってたら、680円までなら出すよ！　という美味しさ。

いや〜、ホットサンドってこんなにうまいんだ！

【日曜日の気づき】ホットサンドは美味しい

1週間の昼食焼き固め実験の末に、「ホットサンドメーカーでホットサンドを作ると美味しい」という、検証の必要のない結果が導き出された今回。

ただ、シウマイ弁当もそうだった。一度焼き固めてみることで、素の状態の素晴らしさにあらためて気づき、感謝の気持ちが湧いてくる。そんな経験、人生にあってもいいんじゃないでしょうか。

これからは、引き続きホットサンドメーカー晩酌を楽しみつつ、ホットサンドだって好きなときに食べられるんだ！　やった〜。ラッキー。

業務スーパーの力で家焼鳥を店の味に近づけたい

意外と近くに「業務スーパー」があった

用事があり、自転車でふだんあまり行かない方面にでかけていった時のこと、街道沿いに「業務スーパー」を発見した。あれ？　確かあそこは、以前は別のディスカウントストアかなんかがあった場所じゃなかったか？　へー、業務スーパーに変わったんだ。家から気軽に行ける距離に業務スーパーができてたなんて嬉しいな〜。と、そのままの勢いで店内に突入した。

オフィシャルサイトの説明を要約すると、「確立された神戸物産グループの製販一体体制を基盤に、業務スーパーでは他社にはない様々なオリジナル商品を販売して」おり、「輸入品は、全国展開する業務スーパーのスケールメリットを活かして大量に輸入するため、『世界の本物』の商品をベストプライスで販売して」いるのだそう。

「神戸物産」とは、日本最大級の食品流通会社であるらしく、その基盤を利用した「オリジナル商品」が目玉商品のひとつらしい。続く「世界の本物」という言葉にもあらがいがたい魅力がある。それらを「ベストプライス」で販売してくれるというのだから、もはやそれ以上に望むことはないじゃないか。

巨大な文字で店名の書かれた看板。そこに「一般のお客様大歓迎」と添えてあり、自分が歓迎されている喜びをひしひしと感じる。そして、あえてそう記載されていることにより、「ここにはプロも買い物に来るんだ。その世界に自分も足を踏み入れていいんだ」という喜びが重なり合う。なんとスーパーファンのツボを知る店だろう。

驚きの安さ、そして、でかさ

雲ひとつない青空に映えるゴシック体

店内に入ってすぐ、我が目を疑うような商品の安さに驚かされた。だって、「ピュアの森」なる500㎖のミネラルウォーターが、なんと1本20円！　他にも、豆腐が29円、納豆の3個パックが39円、モヤシが16円、鶏ムネ肉が100g48円、TVでも紹介されたというオリジナルの徳用ウインナーにいたっては、1kgで399円だ。

確かにこのくらいの値段なら、仕入れて料理して自分の店で提供しても儲けを出せそうな気がする。たとえば徳用ウインナーなら、パッと見、30本くらいは入っているように見える。「こんがり！　焼きウインナー」というメニュー名で、1人前3本で出すとして、そこにもやしをちょろっと添えるとして、それぞれ1袋ずつあれば10人前は作れそうだ。とすると原価は1皿41・5円。居酒屋の原価率は30％が目安、なんて噂を聞いたことがある。とすると1皿138・3333……円以上で出せば成り立つことになる。「うちはよくばって250円で出しちゃおうかな～……」などと想像したのち、「いや、商売ってそう単純なもんじゃないから」と反省した。そもそも、ウインナー3本にモヤシがちょろりと添えられただけのつまみなんて、わざわざ店で食いたくないし。

プロ仕様といえば、大容量ものも見ごたえがある。袋にパンパンに詰まった1kgの焼きそば用麵、1kgマヨネーズ、1・5kgでひとかたまりの巨大コンニャク、枕のような大袋のこしあんにつぶあん、冷凍焼鳥50本入り。よし、これとそれとあれを仕入れれば自分の店で……は、もういいか。

もの珍しい商品を片っ端からカゴに放りこみたくなる衝動を抑えつつ、気になるものを幅広く、厳選して買った。内訳は以下のとおり。

・こだわり生フランク（798円）
・国産若鶏ムネ角切り 491g（284円）
・国内産若鶏軟骨 177g（244円）
・ボルシチの素（178円）
・焼鳥のたれ（275円）
・梅サワー（178円）
・マンゴージュース（78円）

・パイナップルジュース（78円）
・直球勝負 STRONG DRY（118円）
※以上、すべて税抜き
これだけ買ってトータル2231円。バーベキューする前とか、超寄りたい。

2日間に渡って業務晩酌を堪能

いよいよお楽しみ、買ってきたものでの晩酌タイムだ。

最近、なかなか外食ができないなか、非常に恋しい味のひとつが「焼鳥」だと気がついた。職人がていねいに串を打ち、秘伝のタレをつけ、食欲をそそる煙をモクモクさせながら焼く焼鳥屋の味。偽でもいい。我が家でなるべく近いものを楽しめないだろうか。業務スーパーの磁場をまとった食材たちなら、それが可能な気がして。

まずは鶏むねを、家にあった竹串に見よう見まねで刺してゆく。

ここまでは特に問題はなかった。次に好物の軟骨を同様に。ここで突然難易度

並べてみた

が上がる。軟骨には柔らかい箇所と硬い箇所があり、うまく串が通る道を見つけてやらないといけない。見つけたとしてもかなりグッと力を入れないと串が通らなかったりし、ググググ……スッ！　なんて急に勢いよく貫通した串が肉をつかんでいるほうの手に刺さりそうで、おっかなすぎる。２本の串を作るのに10分くらいかかっただろうか。世の店員さんたちは日々、こういう大変な作業をこともなげに、かつ膨大にこなしているんだなと、本当に頭が下がる思いがした。

さて、串に刺した鶏肉を、今日はホットサンドメーカーで焼いていこう。弱火でたまに隙間から余分な脂を切りながら蒸し焼きにし、最後に強火で焼き目をつければ失敗がない。途中で一度フタを開け、焼鳥のタレを回しかけ、フタを閉じてカシャカシャと振れば、全体にタレも回る。ただし、はみ出た竹串を焼いてしまわないように注意が必要。ちなみに僕は焼いて焦がしてしまった。

酒はまず、見慣れぬストロング酎ハイ「直球勝負」からいく。氷を入れたグラスに注いでグビグビー。なるほど、ストゼロよりもクセがなくて、まさに直球勝負！　っていう味。９％でこの飲みやすさは危険だな。

続いて焼鳥。タレをまとって絶妙に焦げ目のついたむね肉、軟骨、どちらもふ

見た目はいいぞ

だん家で食べるものとは明確に違う味がする！　もちろん専門店のクオリティには及ばないが、家で焼鳥欲を満たすにはじゅうぶんありだ。

続けて甲類焼酎を割った「梅サワー」の、居酒屋でしか出会わないっぽい味わいがその気分に拍車をかけた。

朝、残っていたボルシチに……

翌日の晩酌は、ロシア料理のボルシチ、ドイツっぽいソーセージ、酒は甲類焼酎をフィリピン産のフルーツジュースで割るという、謎の多国籍軍となった。

ボルシチとは、真っ赤な根菜「ビーツ」と多数の野菜を使ったスープ。480g入りで、同量の水を加えて鍋で煮るだけで完成する。

これまでにちゃんと食べた記憶がないので正解がわからないんだけど、トマトっぽい華やかな酸味のなかに、土っぽいというか、トウモロコシのヒゲっぽいというか、どこか垢抜けないようなクセがある。そこに最初こそ「ん？」と思ったけど、体に良さそうなイメージもあいまって、じわじわ気にならなく、というか、

どこの国の食卓だ

うまくなってくる。

ボイルするだけの手間いらずソーセージは、食べごたえがすさまじい。1本がとてつもなく巨大なうえ、強めのハーブとジャンクな脂っぽさ。大好きな味だけど、一度に2本は多すぎた。これ、ホットドッグなんかにするとさらに輝きを増すかもしれないな。

まったりとした甘味にあからさまな異国情緒が漂うマンゴー割りもなかなかいける。業務スーパーならではの、「世界の本物」が3つも集まってしまった結果の、たとえようのない混乱も、晩酌には良きスパイスだ。

翌朝、残っていたボルシチにひき肉とカレー粉を加えてカレーにしてみた。作りながら「ロシアへの冒瀆かな……」という若干の後ろめたさは感じたものの、食べてみるとうまい！　例のトウモロコシのヒゲ感はスパイスのなかにすっかりと混ざってしまい、むしろなくてはならない要素になっている。ひと瓶178円で、カレーに換算すると3～4皿ぶんは作れそうな量。これ、「カレーの素」と考えても買う価値のある逸品なんじゃないだろうか。

と、初めての業務スーパー、想像以上に楽しませていただきました。

元ボルシチカレー

〝あの〟フライドチキン味ふりかけでコンビニチキンに魔法はかかる？

秘伝の調合が流出!?

〝あの〟って、まぁ、「ケンタッキーフライドチキン」のことですよね。

僕、ケンタッキーが大好きなんです。なんていうかこう、世の中に無数にある揚げた鶏料理とは明らかに一線を画す、中毒性のある味わい。食べている間だけ理性がふっとんでしまうような、暴力的なまでの旨味。

その秘密は、創業者であるカーネル・サンダースさんが開発した、「秘伝の11種類のハーブ&スパイス」による味つけに間違いないと思うんですが、とにかくあんなにもわかりやすく美味しいものってそうそうなくないですか?

ただ、コンビニなどと比べれば店舗数も少ないし、それに、僕にとってはちょっと高級な食べものでもあるゆえ、日常的というよりはもう少し特別な存在。毎月28日、「にわとりの日」に、お得な「とりの日パック」を買って食べるのが月に一度のお楽しみ。

あぁ、あの味をもっと気軽に、日常的に食べられたら、どんなに幸せだろうか。

なんてことをとある酒の席で話していたところ、ひとりの友人が言いました。

「ケンタッキーの11種類のハーブ&スパイスの調合、判明してるよ」

と。いやいやいや、そんな社外秘中の社外秘の情報が、そう簡単に流出するはずがない。そもそもそいつも「関係者から聞いたって人から聞いた」くらいのノリで、信憑性は限りなく低い。それでもインターネットで検索するといっぱいヒットするって言うんで、探して見つけた調合がこちららしいんですが。

・オレガノ：小さじ1
・チリパウダー：小さじ1

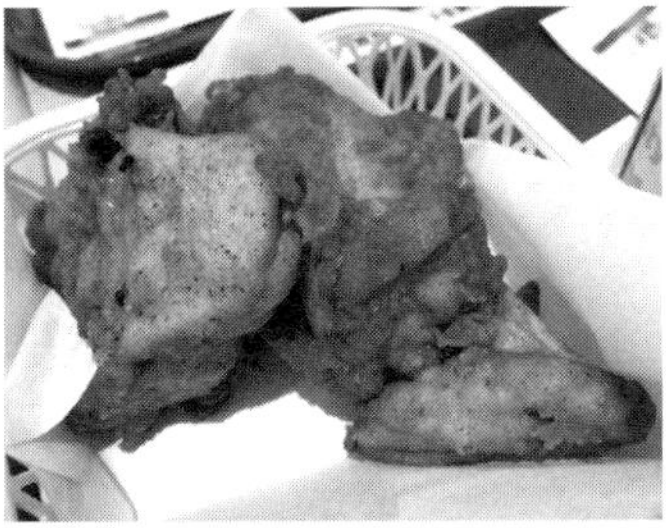
これですよ、これ！

・グランドセージ：小さじ1
・乾燥バジル：小さじ1
・乾燥マジョラム：小さじ1
・コショウ：小さじ1
・塩：小さじ2
・パプリカ：大さじ2
・オニオンソルト：小さじ1
・にんにく粉：小さじ1
・グルタミン酸ナトリウム：大さじ2

たとえこの調合が正しかったとして、カーネルおじさんが世界中を魅了する味の秘密は、それだけではあるまい。が、すがってみたい。この、今にも切れそうな、1本の蜘蛛の糸に。

考えるより早く、僕は家を飛び出していました。

万が一なんですけれども、これらを情報どおりに調合し、たとえばコンビニのホットスナックコーナーにある揚げ鶏にふりかけるだけで、お手軽に〝あの味〟が再現できるならば、人生一変しませんか？　小袋に入れてポケットに忍ばせておけば、いつでもどこでも、思いたったときにあの味を堪能することができる。

　前提が「すでに味のついているチキンにかける」なので、塩は不要だろう。「オニオンソルト」の「ソルト」の部分も、できれば排除したい。つまり粉末状のオニオンがあればそれが望ましい。

　そんな感じで100円ショップと輸入食品店を回り、どうしても見つからなかった粉末オニオンだけはネットで注文したところ、他を圧倒するボリュームで届いてしまいましたが、とにかくすべてのハーブ&スパイスが揃いました。

　この時点で、とりの日パックが3つほど、つまり、オリジナルチキン12個とナゲット15個が手に入るほどの金額を使ってしまいましたが、もうあと戻りはできません。先を急ぎましょう。

調合

パプリカの量

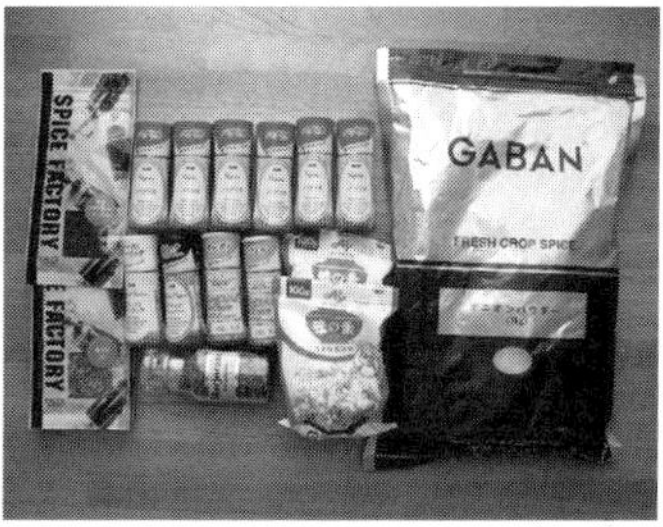

オニオンパウダーだけ単位がkg

「小さじ」とかまだるっこしいので、「スパイス1瓶」を基準に比率を合わせて、バサッバサッと調合していくことにします。

リストのなかでもっともなじみのない「グルタミン酸ナトリウム」とは、旨味の素、つまり「味の素」の主原料だそうです。

すべてのスパイスを入れ、よ〜く振ったらもう完成。

もしこれをそのまま舐めてみてあの味がしたら、すごいことじゃないですか？　そこで、ドキドキしつつ、ぺろりと舐めてみる。すると……おぉ！　これは……！　ぜんっぜんあの味じゃない!!

なんていうか、すごく美味しいハーブとスパイスが混ざったような味という、当然の印象。若干の駄菓子っぽさはあるけれど、あれだけ味の素を入れたにもかかわらず意外とおだやかで、とげとげしさはありません。特に香草系、オレガノ、セージ、バジル、マジョラムあたりの、独特の香りと若干の苦味に、ケンタッキーにはない個性を感じてしまう気がする。

が、あきらめるのはまだ早い。この「KFCふりかけ」がチキンと合わさることで、魔法が発動するかもしれないじゃないですか。

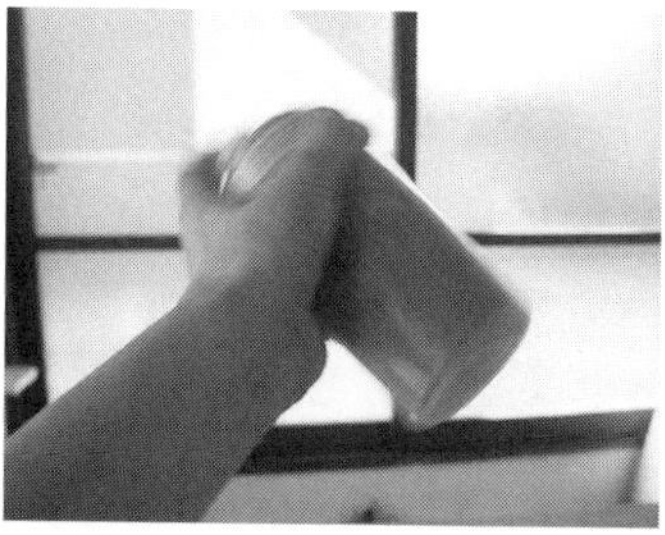
シェイク！

すべて入れたら

実験開始

というわけで、3大メジャーコンビニ、「ファミリーマート」「セブン-イレブン」「ローソン」を回り、6種類のチキンを買ってきました。いざ、ふりかけ実験を始めていきましょう。

せっかくなので、ふりかけをかける前のノーマルの感想とともにどうぞ。

ファミチキ（ファミリーマート）

・ノーマル

衣がザクザクで、肉は、なんらかの裏技を使わないととてもここまで……ってくらい、過剰にジューシー。「ファミチキ」としか言いようがないこのうまさ。お見事。

・プラスふりかけ

おぉ！　これは……ぜんぜんケンタッキーじゃない！　そうか、もう悟った。

「ファミチキ」（税込180円）

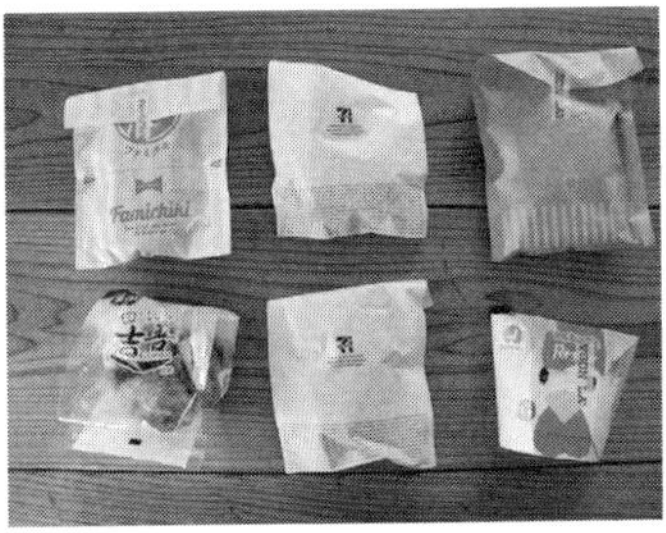

どれもそのままでうまいんだけど

こんな簡単なことじゃないんだ、やっぱり。
けどまぁ、すごく凝ったハーブチキンというか、ワンランク上のファミチキになっているような気はします。

吉吾監修からあげ（ファミリーマート）

・ノーマル
大分県中津市出身のからあげ専門店「吉吾」監修の唐揚げ、だそうです。ファミマのこのタイプの唐揚げ、本格的で美味しいですよね。肉に醤油ベースの下味をきちんと揉み込んだていねいな味わい。ファミチキとはもはや別ジャンル。
・プラスふりかけ
ほんの少〜しだけ、ケンタッキーに近いような気がしないでもないです。ファミチキに特徴がありすぎたのかな。

とり竜田（セブン-イレブン）

・ノーマル

「吉吾監修からあげ」（税込180円）

先ほど食べたファミチキと唐揚げのちょうど中間くらいというか、自然なんだけど中毒性もあってバランスのいい味わい。
・プラスふりかけ
あ〜、けっこう遠くない気がする。今まででいちばんケンタッキーかもしれない。

「ななチキ」（セブン-イレブン）

・ノーマル
え？　あれ？　ちょっと待って、これ、すでにけっこうケンタッキーなんですけど！　あんまり食べたことなかったけど、セブン-イレブンのななチキってこんなにあの味っぽいんだ。もう、それっぽさを求めるだけなら、これでいいじゃん！
・プラスふりかけ
え〜と、いらないですね。ノーマル状態で完成されすぎてて。

「ななチキ」（税込203円）

「とり竜田」（税込194円）

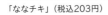

Lチキ 旨塩（ローソン）

・ノーマル

衣がバリバリしてて、肉の歯ごたえもしっかりしてて、味が濃くて、でかい。食べごたえすごい。Lチキの「L」って、ローソンのLかと思ってたけど、もしかしてLサイズのL?

・プラスふりかけ

あのね、何度も言いますけど、ふりかけをかけたからといってケンタッキーに近づきはしませんよ。世の中そう甘くはないんですよ。うまいけど。

からあげクン レギュラー（ローソン）

・ノーマル

ジューシー値は低めだけど、それが嫌ってわけじゃなく、このスナックっぽさが酒のつまみに良い。これまた、からあげクンでしかない味。

・プラスふりかけ

こんなにもケンタッキーから遠いものがこの世に存在したの!?　って感じ。

「Lチキ 旨塩」（180円）

「からあげクン レギュラー」（216円）

やっぱり揚げるしかないのか

ここからはおまけです。

今回の実験から導き出された結論はこちら。

「あの味をお手軽に再現しようなんて考え自体が甘い」

が、ここまできたらどうしてもあれをやってみないことには気持ちがおさまりません。手を抜きたいからこそ思いついた今回の企画において、本当は避けて通りたかった、「調合したスパイスを使って、自分でフライドチキンを作る」という行為を。

そこで、牛乳と卵を半々ずつ溶いた液と、先ほどのスパイスに塩と小麦粉を加えた粉を用意し、液に漬けたチキンに粉をまぶして揚げます。本式だと圧力釜で15分かけて揚げるそうなんですが、家ではそこまでできないので、普通に。

完成したフライドチキンを食べてみると、なるほど、一般的な唐揚げとは違う衣感。皮と一緒にべろーんとはがれたところのザクッとした美味しさが特徴の、あのニュアンスは確かにあるんですが、やっぱり味は決定的に違う。単なる、普通に美味しいフライドチキンだな、こりゃ。

世界中で愛され続ける〝あの味〟。お手軽に再現しようなどとは考えが甘いにもほどがありました。僕にとってのケンタッキーって、やっぱり魔法の宿った食べ物なんだなってことも再認識でき、むしろ良かったのかもしれない。これからも月に一度のお楽しみとして、ケンタッキーさんとは末長くおつきあいさせてもらいたいと思います。

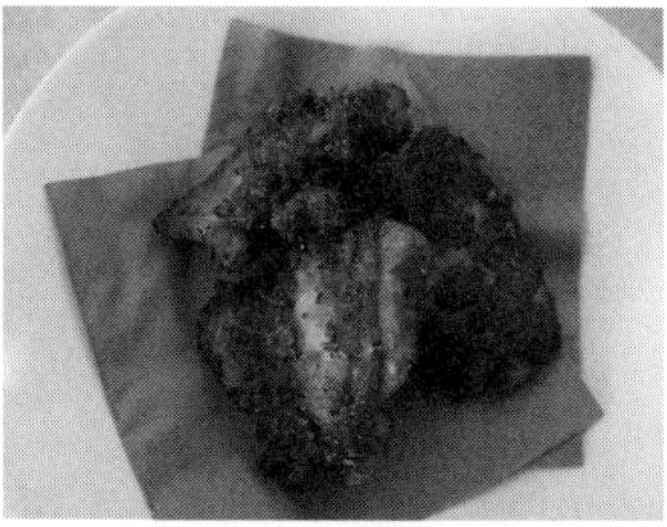
見た目はぐっとそれっぽいけど

フリースローサラダ

コールスローサラダの定義は意外とゆるい

コールスローサラダってご存知ですよね？　ケンタッキーのサイドメニューだったり、コンビニの小さなパック惣菜コーナーに定番として置いてあるような、キャベツやコーンが入った、味のベースはマヨネーズなことが多い、あれです。

最近、あれにハマってまして、よく家で作って食べています。で、頻繁に食べていると、そもそも「コールスロー」とはなんなのだろうか？　ということが気になりだしました。コールスロー……呼んで投げる？　厨房に向かって注文を叫ぶと、シェフがこちらめがけてサラダを投げつけてくる。そんなアメリカの文化？

調べてみると、大まかに以下のようなことが判明。

・コールスローサラダとは、細かく刻んだキャベツを使ったサラダのこと
・その歴史は長く、おそらく古代ローマ時代から食べられていた
・当初はサラダ油と酢、もしくは「ヴィネグレット」と呼ばれるドレッシングなどの調味料で味つけされていた
・18世紀に入り、瓶詰めのマヨネーズが発明されると、その相性の良さから爆発的に普及した
・語源は、オランダ語の「koolsalade（キャベツサラダ）」を短縮した「koolsla（コールスラ）」

良かった。変なカルチャー発祥じゃなかった。でもあれ？　じゃあ極論を言ってしまえば、コールスローサラダって、「キャベツを使ったサラダ」ってこと？　意外と定義、ゆるくない？

それならばもっと自由な、フリースタイルなコールスローサラダがあってもい

いんじゃないの？

題して「フリースローサラダ」。いくつか作ってみました。

基本のコールスローサラダ

そもそも、コールスローサラダにハマッたきっかけは、「みじん切り器」でした。取っ手にひもがついていて、中に野菜などを入れ、ブーンと引っぱるとあっという間にみじん切りができてしまうというすぐれもの。

少し前にとある取材のなかで、「みじん切り器を買ったら楽しくなって、ついついキャベツ丸々1個ぶんをみじん切りにしてしまい、それをコールスローサラダにして日々食べている」というようなことを語ってくれた方がいて、それがうらやましくなってまねしてみたら、僕もまんまとハマってしまったというわけなんです。

これでキャベツを刻み、缶詰のコーンを加え、マヨネーズとお酢少々を加えてよく混ぜただけのシンプルなものが、僕が日々食べているコールスローサラダの基本。それではここからは、もっとフリーダムな「フリースローサラダ」を作っ

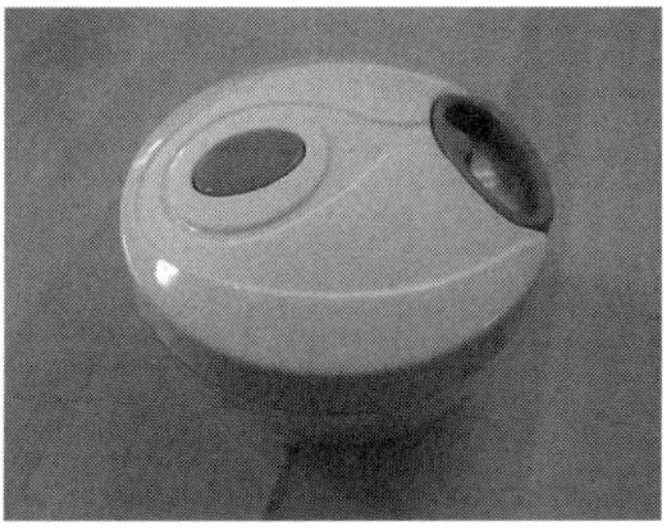

手動のタイプ

ていきましょう。

無限スローサラダ

美味しすぎてピーマンが無限に食べられる「無限ピーマン」なんてレシピが流行ったのをきっかけに、「無限○○」が世にあふれました。「無限○○のもと」なんて商品もいくつか発売されていて、一度試しに買ってみたところ、確かにクセになる美味しさ。ただあれって、野菜×油×塩気という間違いのない組み合わせに、アクセントとしてパリパリの「揚げ麺」が加えてあって、要するにこの揚げ麺こそが、最大の「無限」要素なんですよね。きっと。

そこで皿うどん用の揚げ麺を買ってきて砕き、コールスローサラダに混ぜてみます。

すると、おー、ぐんと中毒性が上がった！　ただでさえ食感の楽しいコールスローサラダに、第3の食感と香ばしさが加わり、確かにこれは「無限」だ。いや、正確には、無限に食べられるものなんてないので「有限」ではあるのですが、気持ち的に「無限」。そのくらい美味しい。ばっちりです。

「無限スローサラダ」

「コールスローサラダ」

トーフスローサラダ

オーソドックスなコールスローサラダに、濃厚まったり系の豆腐、醤油ちょろりを足してよく混ぜてみました。

あ、急に和食になる。そうか、言ってみればこれ、「キャベツとコーンの白和え」だもんな。新感覚なんだけどどこか懐かしい、ほっとする美味しさ。

キーマスローサラダ

オーソドックスなコールスローサラダに、常温のレトルトキーマカレーを同量程度加えてみました。

う、うわー、これは……うまい！　エスニック料理屋へ行って前菜としてこれが出てきたら、間違いなく料理名を聞いてしまうことでしょう。そりゃあまぁ、キーマカレーを具沢山にしたと考えれば美味しいのも当然か。

っていうかもしかしてこの企画、そもそも失敗しようがないというか、ただいろんな料理にキャベツとコーンを足してるだけなのかな……？　いやしかし、こ

「トーフスローサラダ」

「キーマスローサラダ」

こまで来たからには立ち止まってはいられません。それに、失敗がないならそれに越したことはないじゃないですか。別におもしろさなんて求めなくとも。よし、次いこう！

コリアンスローサラダ

ここからはさらにフリースタイルに、マヨネーズやお酢も別の調味料に置き換えていったりしてみます。

キャベツ、コーン、ごま油、韓国海苔、ごま、韓国唐辛子、そして、前に大久保で買った「万能の素」という調味料を加えて味つけ。

ひぇ〜！　美味しすぎて気絶しそう。海苔のサクサク感、全体の辛しょっぱさ、そして引きたつコーンの甘み。箸もお酒も止まりません。

これ、丼やサンドイッチなんかの具にしてもよさそう。

イタリアンスローサラダ

キャベツ、コーン、オリーブオイル、塩コショウ、粉チーズたっぷり、そして

「イタリアンスローサラダ」

「コリアンスローサラダ」

相性の良さそうな生のマッシュルームを加えてみました。

果たしてこんな組み合わせのイタリア料理があるのかどうかは知りませんが、オリーブオイルやチーズをふんだんに使ってるので、イメージでイタリアン。これまたうまいな〜。

キャベツと生マッシュルームのニュアンスの違うサクサクが、今までに食べたことのない小気味よい食感を生み出しています。オリーブオイルの爽やかさ、マッシュルームの大地を思わせる香り、チーズのコク。すべてがあいまって、これまでいちばん「料理」って感じ。

もんじゃスローサラダ

キャベツ、コーン、マヨネーズ、ソース、ベビースターラーメン、揚げ玉、紅ショウガ、青のり。いわば、もんじゃのタネの小麦粉抜き。

な、なんだこりゃ〜！　うますぎる！　紅ショウガの酸味と辛味に、揚げ玉やベビースターの食感に、定番のマヨソース味に……って、説明するまでもない、あの粉もん系のうまさ。

「もんじゃスローサラダ」

それでいて食感はどこまでも軽快で、小麦粉を使っていないからかなりヘルシー？　大量に作って「もんじゃスローパーティー」したい。

ばくだんスローサラダ

よく居酒屋に「ばくだん納豆」なんてメニューがありまして、こま切れにしたお刺身や薬味と納豆があえてあるという間違いのないおつまみで、僕の大好物でもあります。それをコールスローベースで。

入れたのは、キャベツ、コーン、ごま油、わさび醤油、マグロ、サーモン、ブリ、ちぎった海苔。

嘘でしょお？　これすらも違和感ないの？　コールスローの受け皿、大きすぎない？　初めての体験なんですけれども、お刺身とコーンの相性にまったく違和感がありません。むしろ、コーンの甘さがお刺身の味わいを上品に引きたてている。これは発見かもしれないぞ。

という経緯で副産物的に生まれた珍メニュー「お刺身のマヨコーン和え」も、これまた笑える美味しさです。

「お刺身のマヨコーン和え」

「ばくだんスローサラダ」

コールスローサラダせんべい

単なるダジャレではありますが、コールスローサラダをサラダせんべいにオン。見た目はふざけてるけど、サラダせんべいがすごくジューシーな印象になって、間違いなく美味しいですよ。

コールスローサラダ焼き

先程、もんじゃスローサラダを作ったときに感じたことですが、そもそもコールスローサラダの構成要素、粉もんとの親和性が高いです。では、焼いてみてはどうだろうか？　ただ、小麦粉を足してしまえばそれはもはやもんじゃかお好み焼き。そこで、コールスローサラダに生卵だけを加えてよく混ぜ、焼いてみることに。

熱したフライパンに流しこんでみると、ふわっふわのとろっとろのゆるっゆる。慎重に慎重に両面焼いて完成したものを食べてみて衝撃を受けました。なんとですね、コールスローサラダ焼き……単なる「野菜入りオムレツ」！　あらためて

「コールスローサラダせんべい」

「コールスローサラダ焼き」

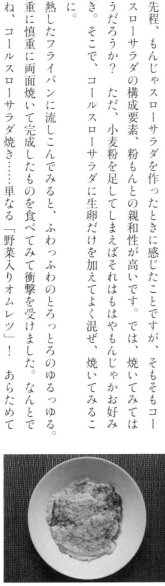

材料を考えたら当たり前だ。

フリースタイルコールスローサラダ「フリースローサラダ」。早目の段階でわかっていたことですが、基本がキャベツとコーン、つまり単なるサラダ要素なので、失敗というものがありませんでした。が、それは逆に、コールスローサラダには無限の可能性があるということ。だって、当初は好み度、うまくいった度を5段階評価などで記録していこうかとも思ったんですが、ぜんぶ美味しいんだもん。

強いていえば、今回の実験のあと残ったキャベツとコーンは、すべて「もんじゃスローサラダ」にして食べたので、個人的にはそれがいちばん気に入ったということなのかもしれません。いやでも、単にそのときの気分だっただけかもしれません。

ちなみに、この企画を提案した際、担当の編集さんがこんなことをおっしゃっていました。

「死んだ祖母が、朝食に必ず作ってたサラダがあるんですが、今考えるとそれマヨネーズ前夜のコールスローサラダだったのかも。千切りにしたキャベツとキュウリを酢と油と塩でもんだものでした」

それ、間違いなく偶然のコールスローサラダ！

実際に作ってみると、食のバリエーションが増えすぎた現代社会において、どこか物足りないような、だからこそほっと安心するような、酢と塩と油で揉んだ野菜そのものの味。「あぶら酢の物」とでもいうか。たまに食べたくなって、また作ってしまいそうです。

「ばぁばスローサラダ」

失われゆくアーケード商店街と突然のバーベキュー

未知の町「大泉学園町」

僕は、東京都練馬区の大泉という町で生まれた。そのあたりに土地勘のある人にしかわからない話だろうけど、大泉学園駅周辺は東大泉、西大泉、南大泉などのエリアに分かれていて、僕の実家は南大泉にあり、駅からは徒歩で10分くらいだろうか。

ところが大泉にはもうひとつ、「大泉学園町」というエリアが存在する。大正13年に「箱根土地会社」が開発をはじめた町であり、もともとは大学などの高等教育機関を誘致し、学園都市として発展させてゆく計画だったそうだ。ところが肝心の教育機関の誘致に失敗し、「大泉学園」という地名だけが残ったという、なんとも憎めない由来を持つ。それでも高級分譲住宅地としての開発は続き、結果、その一帯だけが整然と碁盤の目に整備された、どこか独特な町並みが広がっている。

そしてこの大泉学園町、駅名にもなっておいて信じられないことに、駅からはかなり遠い。北口から大泉学園通りをひたすら北上すること2㎞。不動産の表示基準による徒歩所要時間、なんと25分。なので「大泉学園出身」と「大泉学園町出身」では微妙にニュアンスが違ったりする。あまりにもローカルな話で面目ないですが……。

当然、子供時代は、大泉学園町にはほとんど縁がなかった。僕と同じく「大泉小学校」や「大泉中学校」あたりに通ったような人ならわかってくれると思うんだけど、大泉学園町ははっきり言って未知のエリアだ。だって、わざわざ遊びに行くような何かがあるわけじゃないし。

ところが最近、実は大泉学園町がとても気になっている。僕が実家を出て現在

裏通りに入ると「碁盤の目感」がよくわかる

住んでいるのが、お隣の石神井という町。無駄に町を徘徊することこそが趣味の大人となった今、そこまで遠くない場所に未知のエリアがあるとなれば、気にならないはずがないだろう。

日本初のハンバーガーチェーンでありながら近年その数を急激に減らしている「ドムドムハンバーガー」。その、東京23区の最後の生き残りが「ドムドムハンバーガー　マルエツ大泉学園店」となってしまったのが、「ドムドムハンバーガーイオン赤羽北本通り店」が閉店した２０２０年の5月末（その後、浅草に「浅草花やしき店」が開店）。そんなニュースを目にし、先日、久しぶりに大泉のドムドムハンバーガーを訪れた。このドムドムが、大泉学園町の入口くらいにある。そこで、ついでに学園町の最果てまで散歩してみた。すると、さすが歴史の長い町。通りに沿って、気になる個人商店がいくらでも見つかる。僕の大好きなローカルスーパーもちらほらとあり、どの店の佇まいもいい。

やがて埼玉県新座市に行き着く

旧式のコンビニ

異世界に迷い込んだかのような「四条名店会」

大泉学園通りを直進してゆくと、やがて大泉学園町を突き抜けて埼玉県に突入する。駅前から続く桜並木がプツッと途切れ、風景が突然変わるこのエリアの味わいがまたいい。特に、ふいに現れる小さな商店街、「四条名店会」には感動した。

訪れた日は真夏日だった。抜けるような青空と、平日日中の閑散、スピーカーから大音量で流れる演歌、それらのコントラストに、学園町からまた次の異世界に迷いこんでしまったような非日常感を強烈に感じ、クラクラした。特に気になったのが、四条名店会のなかの、1本のアーケード。

入り口付近に八百屋と肉屋があり、その奥にもいくつかの商店が入っていたのだろう。僕が子供のころは、こういった「○○マーケット」や「○○ショッピングセンター」みたいな施設がまだけっこうあった。しかし、コンビニや大手スーパーの台頭めざましい昨今、気づけば希少な存在になってしまった。実際このアーケードも、ほとんどの店のシャッターが降り、営業しているのは肉屋1軒のみ

昭和の面影が残る小さな商店街

のようだ。

その日のミッションはドムドムハンバーガーを買って帰ることだったので、散策のみで帰宅。が、後日、僕はどうしてもあのアーケードをもう一度訪ねたくなった。というわけで、再訪。

アーケード内で営業しているのは、「まきた精肉店」という肉屋だけのよう。全体的にリーズナブルで、家の近所にあったら焼肉頻度が増えそうだ。

ところでそうそう、今日の僕には「ある計画」がある。そのため、ここで肉を数種と、名物であるらしき鶏のチューリップから揚げをふたつ買った。

まきた精肉店は、僕と同年代くらいに見える男性がひとりで切り盛りしていた。店主と思われるその方に、店頭や店の周囲の写真を撮ってもいいかひと言確認すると、大変ショッキングな返事が。

「ここも今年の10月で取り壊しになってしまうんでね、記念にいくらでも撮ってやってください」

聞けば、このアーケードの歴史は約50年になるという。建て替えは老朽化のためでしかたないそうだけど、あまりにも味わい深いこの風景が、遠くない未来に

全開のノスタルジー

ゆるやかな空気が流れる

発送
合鴨
250
GOLDEN CURRY
牛肉
800

なくなってしまうと思うと、ふらりと散歩にやってきただけの僕でも寂しい。また店主さんの気持ちは想像もできない。10月までにまたできるだけ、ここを訪れることにしよう。

突然のバーベキュー

さて、大泉学園町および四条名店会をぞんぶんに堪能したところで、今日の計画に取りかかろう。ここから一気に空気が変わりますが、よければ引き続きおつきあいください。

実は、この場所からほど近い「大泉さくら運動公園」のなかに、都内ではかなり珍しく、予約不要でバーベキューができる「野外炊事広場」がある。簡単な水道といくつかのテーブルがあるくらいの施設だけど、それでも大変ありがたい。お察しのとおり、ここで買ってきた肉を焼いて食らってやろうというわけなんですね。

用意したのは、簡易的な食器と、発泡酒と缶チューハイ1本ずつ。さっき買っ

平日の日中ということもあって空いていた

た肉と、途中のスーパーで買った野菜少々。焼肉のタレとポン酢。それから、ダイソーで300円で買える使い捨てのバーベキューコンロ。かなり最小限のスタイルだが、ご近所お気軽バーベキューにはちょうどいいだろう。

コンロは、ライターなどでフィルムに着火すると10分ほどで勝手に炭がスタンバイされ、1時間くらいは火力が保たれるというすぐれもの。僕は駅前で買って行ったけど、公園の近くにはでっかいダイソーもあったので、大泉学園町の住環境は、いつでも気軽にバーベキューがしたいという人にとってはかなり優れていると言える。

まずは様子見と、生肉以外の野菜やチューリップを焼きはじめる。すぐにジュージューと景気のいい音をあげだすチューリップ。これが、肉がふわっふわに柔らかくて絶品すぎる！

エリンギも間違いない美味しさだし、ちびちびとかじりながらアクセントにしようと考えていた青唐辛子も、辛すぎなくてパクパクいける。すかさず発泡酒をごくごくごく！　あ〜、なんて幸せ。

ではいよいよ本番と、味つきレバー、味つき豚肉、カレー味チキンを焼いてい

ふわりとした口当たりで旨味濃厚なレバー

古い商店街から一転、「どこの高原？」って景色

く。さすが専門店。どれも絶妙な味つけでうまいな〜。

珍しかったのが店のオリジナル「ソーセージの豚肉巻き」。どんな味なんだろうと興味が湧いて買ってみたら、なるほど、ごく普通のソーセージの肉々しさがアップし、高級感が増すんだ！　これは家でもまねしてみよっと。

てな感じで大満腹になって、2本目のチューハイも飲み干し、炭火が消えて落ち着くまで、ベンチにゴロンと横になってうとうと。今日は曇りで、気温も涼しいくらいなのもちょうどよく、あまりにも天国……。

あ、そうそう。今回せっかく出会えた、まきた精肉店。これからも通いたいなと思って聞いてみたところ、アーケードは取り壊しになっても、すぐ近くに場所を変えて営業を続ける予定だそうですよ。ホッ。

肉に肉を巻く発想がなかった

わざわざやってみる

「のりべん」を重ねすぎてみる

最近なんだか「のりべん」が好きです。だけど、自分ではあまり作ったことがないなと気がつきました。よし作ろう。せっかくだから重ねすぎてみよう。目指せ10段！

断面がよく見えるよう、透明のタッパーがお弁当箱がわり。ここに炊きたてのごはんを薄く敷きつめては海苔をのせ、食品用のハケで醤油を塗っていきます。思った以上に神経を使う作業で、特に薄くまんべんなくごはんを広げるのが難しい。何枚かに1枚の下にはおかかもふりかけました。

最終的に、お米約1.5合ぶんを使ったのりべんが完成。がんばったんですが10段

10分くらいかけてやっと４段

には届かず、7段でフィニッシュとなりました。面目ありません。

さて、せっかく重ねすぎたのりべん。どうせなら断面が見てみたいですよね。そこで、弁当箱をひっくりかえして中身をスポッと抜き出します。そしたらそれを、えいやっと包丁で真っぷたつに！

実はこれが今日最大の目的。そう、重ねすぎたのりべんの断面をじっくり愛でたかったというわけなんです。いや〜達成感あるな。

あ、肝心のお味のほうは、重ねすぎた割には違和感なく美味しかったです。

刺身を焼肉用の肉とうっかり間違えて焼いて食べてみる

刺身が好きです。家飲みのつまみでいちばん登場頻度が高いといってもいいかもしれません。

今後の人生のなかで、買って帰った大好物の刺身を、焼肉用の肉とうっかり間違え、焼いてしまうことはあるだろうか？　ありえないとは思いつつ、基本酔っぱらいなので、100％ないとも言いきれません。

スパッ

完成！

いつかやってくるかもしれないそんなとき、必要以上にびっくりしないよう、予行演習をしておこうかな。

と、スーパーへ行き、７９８円もする豪華刺し盛りを買ってきました。ふだんは単品が多いので、５００円を超える刺し盛りなんて個人的にかなりの贅沢品。しかしながら、今日はこれをうっかり焼かなくてはいけません。あぁ、悔しい……。

ちなみに、家でやって家族に「間違えてる……」とよけいな心配をさせては忍びないので、仕事場に作ってあるポータブル飲みスペースで実行しました。

では、うっかりスタート。

まずは鉄板に野菜を並べます。ここまではいつもの光景。しかしながらその横に、おもむろに刺身をジューッ！　肉と違って一瞬で焼きあがっていく魚の切り身たちを、どんどん食べていきましょう。

まずは鯛から。通は白身を塩レモンでいくんだよね。と、一体なんの通だかわかんないけど気分でそうしてみると、ふわふわっとしててかなり美味しいです。

お次はマグロ。お、これ、かなり肉っぽいんじゃないですか？　さっぱりとし

いい夜が始まりそうな景色

すごい違和感

た赤身肉なんだけど、めちゃくちゃ柔らかい、みたいな。焼肉のたれとも合うし、これはまたやってもいいかも。

サーモンは……これはただの焼鮭ですね。うまいけど。考えてみればそりゃそうだ。

最後のイカはネギ塩だれで。あ〜……これは味以前に硬いな。薄いイカを焼きすぎてしまったか。刺身のイカの焼き加減って難しいんですね。

はい、これでもし今後、刺身をうっかり焼きはじめてしまったとしても、冷静に対処できるようになりました。

わざわざ凍らせたレモンでレモン水を作ってみる

数年前からレモンサワーが大ブームで、特に、氷は入れず、あらかじめ凍らせておいたレモンを氷がわりにするスタイルは、もはや定番となっています。そんなレモン氷を自宅で仕込み、あえてサワーではなく、「水」を飲んでみるのはどうだろう？

なんだかんだでうまかった

マグロはまたやってもいい

スーパーで国産のレモンを買ってきてザクザクと切り、食品用ビニール袋に入れて凍らせておきました。翌日、冷凍庫から取り出してみると、そりゃあもうガッチガチに凍ってます。ほんのひと手間でこの特別感。いいですね、レモン氷。

ここに自分好みの、甘味のないプレーンチューハイを注いだら、どんなに美味しいことでしょう。しかしながら今日は、冷蔵庫でよ〜く冷やしておいたミネラルウォーターを注ぎこまなければいけません。あぁ、悔しい……。さっきから何をやってるんでしょうか僕は。

では、いただきます！　ゴクゴクゴク……ふぅ〜、こいつはうまい。レモンの香りが強烈で、笑っちゃうくらい爽やかな、水。夏の朝にぴったりの味！

ただやっぱり酒飲み的には、ビジュアルからどうしてもレモンサワーを想像してしまうので、シュワシュワしない飲み口にどうしても違和感が。たまらず、一気に飲み干してそこへチューハイを注いでみたら、そりゃあもううっとりするほどうまかったです。

麦茶を煮つめすぎてから水で割ってみる

キンッキンの、レモン水

気持ちが完全に酒モードに

先日、家で麦茶を作っていたらうっかり煮詰めすぎてしまい、水で割って飲んだということがありました。そこで思った。もしあまりにも麦茶を煮詰めすぎてしまったら、さすがに取り返しはつかないのか？　やってみましょう。

鍋に水を張り、通常の倍の2袋のパック麦茶を入れ、「悪いが今日は煮詰まってもらうぞ……」という懺悔の気持ちとともに火にかけます。すると、10分くらいでもう真っ黒。まるで蒲田温泉の黒湯のよう。

そのまま煮詰め続けること1時間。かさが半分ほどになったところで、いったん通常の麦茶と飲み比べてみましょう。

通常の麦茶はもちろん通常の味。一方、1時間煮詰めた熱々の麦茶はというと、驚くほど「コーヒー」！　「ぽい」とかじゃなくて、ほとんどコーヒーそのもの！

僕、コーヒーは酸味が少ないほうが好みなんですが、麦茶煮詰めコーヒーは酸味がまったくないのでものすごく好きな味です。もしかして、市販のカフェインレスコーヒーって、原料は麦茶だったりするのかな？　とにかくいいことを知った。

砂糖を入れて飲んでも違和感なし

左、通常。右、煮詰めすぎ

といったところでさらに煮続け、トータル1時間半かけてとろっとろの煮詰めすぎ麦茶、通称「すぎ茶」ができあがりました。

これを水で割って飲んでみたところ、さすがに苦味が強すぎたり、焦げ風味がついてしまったりして麦茶には戻らなかったりするのかな〜。と心配していたんですが、いや、これは……麦茶だ！　完全に麦茶！　おかえり〜。

リカバー可でした

漆黒の液体

ごはんのおかずになる駄菓子をひたすら探す

とにかく駄菓子を買いに行こう

駄菓子の「ビッグカツ」をカツ丼風に卵とじにしたり、「うまい棒」を砕いてふりかけにするみたいな「駄菓子アレンジレシピ」って、ネットなどでたまに目にしますよね。そういうものを見かけるたび、あまのじゃくな僕は、あるひとつの思いを強めていきました。

「純粋に、駄菓子そのものはごはんのおかずにならないんだろうか？」

先日、その思いが頂点に達しましたので、シンプルに実行してみました。

ひとまず近所のコンビニやスーパー、ドラッグストアを数軒ハシゴし、入手できた駄菓子が14種類。勝手な想像だと、この3倍くらいは見つかると思ってたんですが、駄菓子を入手するのって意外と大変なんだな。驚いたことに、うまい棒を1種類も置いてないコンビニとかも普通にある。

では、さっそく炊きたてのごはんと合わせていただいていこうと思います。僕の純粋な「好み度」の5段階評価を添えて。

「うまい棒 チーズ味」　好み度：★★★☆☆

王道中の王道ですよねこれは。ぜんぜんいける。味はおかずとしてちょうどいい。ただ、この独特の食感は、ごはんのおかずとしてはベストでないような気がします。

「うまい棒 コーンポタージュ味」　好み度：★★☆☆☆

チーズと比べるとちょっと甘すぎてごはんとはそこまで合わないかもしれない。

駄菓子の品揃え、店によって意外と偏りがある

ひたすらこうやって食べ比べていきます

「うまい棒 やさいサラダ味」　好み度：★★★☆☆

あ、これはうまいなー。よく考えるといったいなんの味なんだって感じだけど、ちょうどよくごはんに合う。間違いなく、本物の野菜サラダよりは合う。

「うまい棒 テリヤキバーガー味」　好み度：★★☆☆☆

この味、初めて食べたかも。うまい棒が連続し、すでに正当な評価ができなくなってきました。

「うまい棒 めんたい味」　好み度：★★★☆☆

明太子ってごはんに合いすぎるじゃないですか？　だから期待して食べたら、決してそのハードルは越えなかった。明太子のほうがごはんに合う。当たり前だ。

「カットよっちゃん」　好み度：★★☆☆☆

うまい棒に比べ、食感のおかずっぽさはだいぶ高いです。が、いかんせんすっぺぇ！　白メシと合わせるには酸味が強すぎる！

これがやさいサラダだったかな

これがコンポタで

「蒲焼さん太郎」　好み度：★★☆☆☆

モチーフがうなぎの蒲焼ですからね。味の方向性は間違いないです。ただ、こんどは固すぎる！　箸でつかんでひとかじりし、そのまま噛みちぎることが不可能。必然的に、ひと口でいくことになる。結果、ごはんがたっぷりあまってしまいました。

「タラタラしてんじゃね〜よ 激辛味」　好み度：★★★★☆

うお〜きた！　適度な塩気と辛味でめちゃくちゃごはんすすむ！　あれ？　タラタラしてんじゃね〜よって、こんなにしっかり辛かったっけ？　パッケージに激辛味ってあるけど、ノーマル味もあるのかな？　それとも商品名のちょっと過激なイメージに合わせて、基本的に辛いお菓子なんでしょうか？　とにかく、食感も味も、ここまでがいちばん！

うな丼にはならなかった

いよいよ光明が！

「ベビースター揚そば 鶏ガラしょうゆ味」 好み度：★★★☆☆

絶対いけるだろうと期待してたんですが、食感がごはんと違いすぎてちょっと違和感ありますね。

「ベビースターラーメン うましお味」 好み度：★★★★☆

あ、こちらも食感の違和感は決してなくはないけど、単純に味が好きでごはんがすすむ。その名のとおり旨味のある塩味で、美味しい炊き込みごはんや混ぜごはんのよう。これ、お茶漬けにしてもいいんじゃないかな〜。今回は駄菓子アレンジレシピではなく、純粋におかずとして駄菓子を食べ比べる企画なのでやりませんが。

「スルメちょうだい」 好み度：★★☆☆☆

初めて見たなこれ。単純にシート状に干したイカなので、味はもちろんごはんに合います。ただ、これまたとにかくかったい！ その固さでおかずにされることを拒否している。っていうか、駄菓子ってなんでイカものが多いんだろう。こ

次は茶をかけてみよう

見るからに固い

れを好むかね？　子供が。お酒のつまみにはかなりばっちりの商品だと思います。

「ペンシルカルパス」　好み度：★★★★☆

わ〜、美味し〜！　これはきましたね。ごはんと一緒にもぐもぐやってると、普通に美味しい肉料理を食べてる感覚になります。ちびっとかじってごはんをほおばる。その食べやすさもよく、このペンシル1本でごはん1膳、余裕でいけますよこれ。

「おかしのまちおか」なんかに行くんじゃなかった

さて近所のコンビニやスーパー、ドラッグストアは巡りつくし、そろそろ打ち止めかと思った矢先のこと。そういえば、と入ってみたとある店で、僕はとてつもない絶望感……いや、希望と出会ったのでした。あぁ、「おかしのまちおか」なんかに行くんじゃなかった……！　それはまるで、ラスボスだと思って必死で倒した敵が、四天王でいちばんの下っ端だったと知ったときのような気分。

「まちおか」で手に入れた、袋いっぱいの希望

前衛アート？

とにかく、いけるところまでいってみようと思います。

「特盛ギュ～牛～」　好み度：★★★★★

パッケージに「ぎゅう～としたのし牛だよ～」と書いてありますが、「のし牛」なんて言葉は初めて聞いたよ。

で、いざ食べてみると。うお～、これはきた！　ごはんすすみすぎる！　さっき感動したカルパスをいきなり超えてきた！　要するにビーフジャーキーなんですが、ものすご～く薄切りなんですよね。よって、食感がおかずとして優秀すぎる。味は言わずもがな。パーフェクトなごはんのおかずと言えるかもしれません。ただ、商品自体をあんまりお店で見たことないけど。

「キャベツ太郎」　好み度：★★★☆☆

ソース味でおかずにならなくはないんですが、これ系のコーンスナックはもう、劇的にごはんに合うってことはないのかもしれない。

笑える見た目

もはや牛丼！

「ビッグカツ」　好み度：★★★★★

大本命！　こいつは間違いないだろうと思っていたら、本当に間違いなかったです。もはや単なるごはんのおかず。なんだか子供のころに食べたおべんとうを思い出すような味で懐かしうまい！

「プレミアムカレーカツ」　好み度：★★★☆☆

ビッグカツのアレンジ版っていうんですかね。確かに濃厚なカレー風味でプレミアムな味わいなんですが、ちょっと甘すぎるというか、意外にもごはんにはそこまで合わなかったです。

「わさびのり太郎」　好み度：★★★★☆

固いんですよ。さっきの蒲焼さん太郎と一緒で。ただ、甘辛い味つけとわさびの風味は、完全におかず。非常に惜しいな〜、この子。

間違いない！

禅の世界

「のし梅さん太郎」　好み度：★★★☆☆

梅干し感覚でけっこういけますね。っていうかこれ、初めて食べたけど、駄菓子単体としてみるとかなり好きかも。また買おっと。

「酢だこさん太郎」　好み度：★★☆☆☆

酢だこを子供向けのお菓子にするって発想がまずすごい。そして、けっこうな味の再現度。ゆえに、ごはんには合いませんよそりゃ。酢だこ味だもん。

「焼肉さん太郎」　好み度：★★★☆☆

また固い。っていうか見た目、木？　そして関係ないけど、このシリーズのネーミングってなんなんだろうな。常識的に考えたら「さん」は「太郎」のあとにつけない？

「甘いか太郎」　好み度：★★★☆☆

キムチ味ということでかなり期待してたんですが、若干酸味が強すぎるかなぁ。

木、じゃないよね……？

梅の風味が酒のつまみ向き

食感も柔らかく、ごはんを巻いて食べることもできるし、あくまで個人的な好みなので、好きな人はすごく好きかもしれません。

「壱億円」　好み度：★★★★☆

初めて見たうえ、正式名称がこれでいいのかもわかっていないんですが、なんとマヨネーズつき！　ゆえに抜群のおかず力。

ちなみにこの壱億円の値段は、５枚セットで１００円でした。

「さくら大根」　好み度：★☆☆☆☆

かなり期待値の高い一品だったんですが、強烈に酸っぱい！　それはもう、口に入れた瞬間にむせかえるほどに。どんな酸味ものともしないおばあちゃんとかだったら、ごはんのおかずにいけるのかもしれないけど、僕には無理でした。

こちら的にはもうじゅうぶんなのに、どんどん見つかるうまい棒

見た目のおかずっぽさはピカイチなのになぁ

「壱億円」もいわゆる魚原料のシート菓子

うまい棒って、認識としてはめんたい味、チーズ味をはじめとした5種類くらいの感覚なのに、延々と新しい味が見つかりますね。のり塩味なんて、あった?

「うまい棒 やきとり味」好み度：★★☆☆☆

すごいな。ちゃんと焼鳥っぽい味がする。けど、ごはんのおかずというよりおつまみだな、これは。

「うまい棒 たこ焼味」好み度：★★★☆☆

これまたよくできてるな〜。やおきんの企業努力すごい。粉もんでごはんを食べるのが好きな人はハマるかもしれません。

「うまい棒 なっとう味」好み度：★★★☆☆

ちゃんとねばるし、カラシの辛味もきいてます。が、なぜだかごはんにはそこまで合わない。味が納豆なのに、食感がぜんぜん違うから?

本当に

もう

「うまい棒 のり塩味」 好み度：★★★★☆

あ、これはいい！　これまで食べたうまい棒のなかでは、いちばんふりかけっぽい味だからかな。個人的に、うまい棒をごはんのおかずにするなら、のり塩味がおすすめです！

よっちゃんイカのバリエーション

全然意識したことなかったんですが、よっちゃんイカのバリエーションもやたらとあるんですね。パッケージの大きさがそれぞれ微妙に違うのもなんかこわい。「タラタラしてんじゃね〜よ」の別バージョンも見つけたので、食べ比べていきましょう。

「カットよっちゃん しろ」 好み度：★★☆☆☆

赤いオーソドックス版より若干抑えられている気もするんですが、やっぱり酸

なぜか規格が統一されていない？

この絵は見飽きたよ

っぱい。

「カットよっちゃん 甘辛味」　好み度：★★☆☆☆

味はばっちりですけど、カッチカチ。

「カットよっちゃん からくちあじ」　好み度：★★☆☆☆

よっちゃんシリーズ、素材や味に規則性がなくてなんだか混乱してきました。これまた味はいいけど、ごはんのおかずには固い。

「タラタラしてんじゃね〜よ カレー味」　好み度：★★★★☆

そこへいくと、タラタラの安定感（あくまでごはんのおかずとしての）！　けっこう本格的にスパイシーでごはんがすすみます！

ってあれ？　今気づいたけど、パッケージの左上に小さく「よっちゃん」って書いてある……。どういうことなんだ。どこまで俺を惑わせるんだ、よっちゃん。

本当に同じよっちゃん属？

君たち

いよいよフィナーレです

「ポテトフライ カルビ焼の味」　好み度：★★★★☆

このシリーズ、ちょっとオイリーで食べごたえのあるポテトチップスって感じで、純粋にお菓子として美味しすぎますよね～。大好き。カルビ焼の味ってのは初めて食べた気がしますが、ごはんと合わせると、がんばれば焼肉を食べてると錯覚できなくもなく、うまい。

「ポテトフライ フライドチキン味」　好み度：★★★☆☆

4枚入りの中身全部が割れてたのは、ポテトフライあるある。

これまたお菓子として美味しすぎるんだけど、ごはんとの相性はカルビ焼の味に軍配が上がるかな。

「梅ジャムせんべい」　好み度：★★★★☆

いわゆる「ソースせんべい」というやつですね。お、これは、せんべいの甘さ

ポテトフライは割れがち

脳よ、焼肉と錯覚してくれ！

と梅ジャムの酸味のバランスがよく、普通にごはんがすすみます。実は食材としての対応力も広いソースせんべい（ハムやチーズを挟んでも鍋に入れてもうまい）、さすがだ。

「餅太郎」好み度：★★★☆☆

ジャンルで言うと揚げ餅というものになるのかな。そこに、ほんの少しのピーナッツ。これまで、餅太郎と次に出てくる「どんどん焼」の違いを意識したことがなかったんですが、餅太郎はシンプルな塩味。ごはんのおかずにはちょっと優しすぎるかもしれません。

「どんどん焼」好み度：★★★★☆

対してこちらは、けっこうパンチのあるソース味。もしかしてどんどん焼の「どんどん」って、ごはんがどんどんすすむって意味？

以上、36種類の駄菓子で白メシを食べ比べてみた結果、個人的に5つ星だった

「餅太郎」と「どんどん焼き」同じようでけっこう違った

のは、「特盛ギュ～牛～」と「ビッグカツ」のふたつでした！　あと、「タラタラしてんじゃね～よ」シリーズも、ごはんのおかずとしては良かったです。

ビッグカツはある意味予想どおりだったけど、特盛ギュ～牛～は意外だったな～。いや、意外っつーか、存在を初めて知った。こんなに美味しいんだから、全国の駄菓子取り扱い店さんは、もっともっと仕入れてほしいものです。特盛ギュ～牛～を。いやほんとに。

レシピカードに見つけたコレクション性

ある日、レシピカードが目にとまり

先日、いつもどおりに地元のスーパー「ライフ」で買い物をして帰ろうとしたとき、ふと、あるものが僕の目にとまった。買った商品を袋に詰めこむためのサッカー台付近にたまに置いてある、オリジナルの「レシピカード」というやつだ。専用のラックにずらりと、かなりの種類が並んでいる。

そういえばこのレシピカードなるもの、「あるな、あるな」とは思いつつ、今まであまり気にしたことがなかった。戯れにひととおりもらって帰ってみるか。なんて思い、収集作業に移る。1枚、2枚、3枚、たまに横2スペースぶんダブりで置いてあったりするのでそこを避け、手に取ってゆく。

ところがこの作業が、なかなか終わらない。予想外に種類が多いのだ。僕は、すでにこの時点で悟った。レシピカードって、買い物に来たお母さんなんかがついでにさらりと流し見して、もし気になったものがあれば1、2枚持って帰る。本来そういう性質のものであって、取りこぼしがないように片っ端から右手で取って左手にストックしていくのは、完全なる異常行動だ。普段から利用しているスーパーで要注意人物認定されてはかなわないので、極力何気ない顔を心がけ、口笛など吹きつつなんとか作業を終えた。

レシピカードは全部で29枚あった。1枚のピックアップに平均5秒はかかっていたはずなので、計算すると2分25秒……。これ、レシピカード棚の前に滞在した買い物客のタイムとしては、世界新に近い長さなんじゃないだろうか?

自宅に戻り、エアコンの効いたリビングでアイスコーヒーを飲みながら持ち帰ったレシピカードを眺めてみる。するとこれが、予想外におもしろい。

まず、裏表にあるカードの情報を読み取っていく楽しみがある。

表面最下部にグレーの帯が共通してあって、そこには例えば、「2020/8/26〜2020/9/1 水産」とある。前半は配布期間だろうか。それにしては意外に短いし、

ゲットしてきたレシピカードたち

カードごとの数字にかなりのバラつきがあるので、一枚一枚の情報をカレンダーに「↑鮭のネギ塩焼き↓」などと記入し、分析してみるのもおもしろいかもしれない。

また、後半の「水産」はジャンルだろう。他はお察しのとおり「畜産」「農産」と続くが、残るもうひとつの「日配」がわからない。

気になって調べてみると、これは主に流通業界で使われる用語で、その店や会社ごとに厳密な区分けは違うようだが、いわゆる「デイリーフーズ」。店舗に毎日配送される食料品のうち、青果や鮮魚などの生鮮食品を含まないもののことを言うのだそう。そんな業界用語が、誰でも手に取れるカードの片隅に密かに書かれている。

僕は、子供時代に夢中で集めた「ビックリマンシール」の裏面に書かれた謎のテキストを読みこんで点と点を繋げ、世界観を広げていった喜びのようなものを今、このカードに感じている。

そして思った。レシピカードって、コレクション性あるんじゃないの？　と。

「日配」とは？

レシピカードには店の理念が詰まっている

翌日、自宅から自転車で回れるだけのスーパーを回り、レシピカードを探した。出だしは快調。よく行く地元石神井の「まなマート」、「クイーンズ伊勢丹」でそれぞれ収穫があったが、そこからが難航した。石神井～大泉にかけて、そういうのがありそうにない雰囲気の「業務スーパー」とか「Big-A」なんかも丹念にチェックしつつ、10店は回ったと思うんだけど、一向に見つからない。あっついし、もう帰りたかったけど、最後に西武新宿線の上石神井方面まで行って、あと数店だけチェックして帰ろうと思った。すると、そんな僕の努力をレシピカードの神は見逃さなかったのだ。

今日回ったエリアには「いなげや」が複数ある。大泉学園駅付近だけでも系列が2店あり、どちらにもレシピカードは置いていなかった。そして上石神井方面に向かう途中、また大きめのいなげやがある。当然、僕はここをスルーしようとした。ところが、店の前を通り過ぎた瞬間に、勝手に自転車のブレーキがかかる。知らず知らずのうちに、体がコレクターモードになってしまっていたのだ。

両手ががっちりとホールドされ、もはや自分の意思ではどうすることもできない。

「わかったわかった！」と、このいなげやもチェックすることにした。

店に入って、売り場ではなく、いきなりレジとサッカー台の間を進んでゆく。慣れたものだ。そして各種のチラシコーナーをさーっと流し見してゆく……するとなんと！　レシピカードコーナーがあるじゃないか！　思わず二度見した。います？　スーパーにレシピカードが並んでいるのを見つけて、思わず二度見してるやつ。

いなげやでの収穫はなかなかで、合計20枚。しかも、ちょっとクセのあるレシピが多めなのが嬉しい。

それでは、各店のレシピカードの特徴や方向性について、以下に大まかにまとめていきたいと思う。

「ライフ　石神井公園店」

圧倒的物量がずらりと並ぶ快感。ゆえに一風変わったレシピも多く、眺めていて楽しい。特に「糀《こうじ》甘酒スイカフローズン」は攻めてる。

どのキャッチコピーも端的で、かつ「まいたけとツナの和風マリネ」の「香りと甘みが◎」以外すべてが「！」「♪」で終わっているのが無邪気でいい。

ごはんものやガッツリ系のおかずが多く、食べざかりのお子さんがいる家庭がメインターゲットと思われ、これは気どらない店の雰囲気とも非常にマッチしている。なるほど、レシピカードには店の理念が詰まっているのかもしれない。

あと、若干「寄り」の写真が多めのような気がした。

「まなマート 石神井駅前店」

まず確認しておきたいのがまなマートは石神井公園にしかないローカルスーパーだ。なのにレシピカードがあるということは、業界的に見てかなりのレアカード。手にしていると、全国のレシピカードマニアたちの悔しがる顔が目に浮かぶ。

ライフにおける「水産」「畜産」「農産」のジャンル分けを、青、赤、緑の色分けで視覚的にやっているが、これを初見で的確に見分けるのは難易度が高いかもしれない。ただし、一度覚えてしまうとむしろわかりやすい。

カツオ刺し、ポークソテー、肉じゃがなど、誰もが知るオーソドックスな料理

(1)「ライフ 石神井公園店」29枚

(2)「まなマート 石神井駅前店」12枚

154

にワンアイデア加えてみる、というような発想のメニューに特徴がある。

「クイーンズ伊勢丹 石神井公園店」

ブランドイメージどおり小粋なレシピが多く、写真も美しい。そのまま健康志向のカフェメニューになっていても違和感がない。

特徴的なのがカード最下部で、そのレシピにぴったりな、店で実際に買える食材が紹介されている。たとえば「たっぷり夏野菜のピリ辛ラタトゥイユ」なら「九州農家の手摘みとうがらし」。他のスーパーならばひと言「鷹の爪」と書いて終わりの部分だが、このレシピは真の意味では、九州農家の手摘みとうがらしを使わないと完成しないのだ。

「いなげや 下石神井店」

正方形のデザインにこだわりを感じ、絶妙に小物が使われていたりと、写真への気合いが他と一線を画す。メニューもちょっと素人では思いつかないような、魅力的でありながら攻めたものが多い。

(3)「クイーンズ伊勢丹 石神井公園店」7枚

(4)「いなげや 下石神井店」20枚

と思ったら裏面に「料理提供：ベターホームのお料理教室」との記載が。なるほど、つまり専門の業者と提携して作成されているレシピカードというわけか。うん。「客に対して有益な情報を提供する」という観点において正しい。そういうやりかたもあるんだな。

発見！ コレクションすべきは「珍レシピカード」だった

さて、たった一日にして68枚ものコレクションを手にしてしまった僕は、こう思った。「これ、きりねぇな」と。

ただ行く先々のスーパーでレシピカードを見つけては片っ端から収集する。そういうコレクション方法もいいけど、僕には向いていなそうだ。何か「切り口」が必要だろう。実はもう見えている。

まなマートのレシピカードを例にとろう。レシピとしては別段珍しくない「豚肉となすのみそ炒め」などに混じって「豚さつま」なるカードがある。シンプルな肉じゃがのジャガイモをサツマイモに替えたものだと説明すればわかりやすいけれど、「豚さつま」なんて料理名はあるのだろうか？　少なくとも僕は聞いたことがない。

このように、オーソドックスなレシピたちのなかに紛れ込む、一風変わったメニュー。これを、決しておちょくっているとか、小バカにしてるとかではなく、純粋に「珍しいメニュー」であるという意味で、最大限のリスペクトとともに「珍レシピカード」と定義するのはどうだろう？

そして、買い物のついでにコーナーをチェックし、ビビッとくる珍レシピカードだけを集めてゆく。あぁ、がぜんワクワクしてきた。いずれ同好の士と珍レシピカード見せあい飲み会を開催する夜が、今から楽しみでしかたない！

現状、レシピと珍レシピの間に厳密な線引きはない。自分が珍しいと思ったらそれでいい。続けていけばいずれ、さらに新しい世界が見えてくることだろう。

珍レシピを実際に作ってみる

それでは最後に、この珍レシピのなかから3品ほどを実際に作ってみて、それ

現在の僕の珍レシピカードコレクション

を今夜の晩酌のつまみにしようと思う。せっかくの縁だから1品は「豚さつま」にしよう。それから、純粋にそそられる「ねぎたこ」。なんか妙に作ってみたくなるかわいさがある「くるくるちくわ巻き」。これでいくか!

もしも珍レシピカードと出会わなければ、一生作ることもなかった料理たちが今、目の前で一堂に会している。しかもそれを作ったのは自分。これまでに体験したことのないタイプの痛快な気分だ。レシピカードがマンネリになりがちな晩酌を、ひいては人生をより豊かなものにしてくれることは、どうやら間違いないようだ。

豚さつまの作りかたは基本的に肉じゃがと同じ。ジャガイモはほろりと崩れ、味わいもどちらかというと素直だが、サツマイモは食感と密度がねっちりと凝縮されていて、ひと切れひと切れに驚くほどの食べごたえがある。もちろん濃いめの甘じょっぱい味つけとの相性は抜群だし、そこに豚の脂の旨味が加わって、かなり好きだ。

ごはんのおかずというより、少しずつつまみながら酒の肴にしたい感じで、肉じゃがよりもむしろ自分に向いているかもしれない。

「豚さつま」

できました

ねぎたこは、タコ刺し（レシピではボイルした薄切りのタコだった）をたっぷりのネギと一緒に食べるというもの。それだけのことだけど、なんで今までやってこなかったんだろう！　という美味しさ。

好きだけど、単体だと後半で食感の単調さに飽きてきがちなタコ刺し。包むネギの量を調整することで食感にバリエーションが加わり、最後まで楽しみながら食べられた。

くるくるちくわ巻き。縦に切りこみを入れて開いたちくわの内側に、等間隔で斜めに浅く切りこみを入れていく。切りこみを入れたほうを下にして広げ、スライスチーズをのせ、くるくると巻く。開かないように爪楊枝でとめたら半分に切り、叩いた梅干しとマヨネーズを混ぜたソースをのせてオーブンで焼く。ざっとそんな感じ。どうしても楊枝が見つからなかったんだけど、小さめのスキレットにぎゅっと詰めこんだら特に問題はなかった。

たっぷりのとろけるチーズと香ばしく焼かれたちくわ、それだけだったら美味しさの想像がつく。ところが、上にのせた梅マヨネーズがおもしろく、他の食材と統一感がありつつも、ちょっとしたアクセントになっていて、ものすっごく美

「ねぎたこ」

「くるくるちくわ巻き」

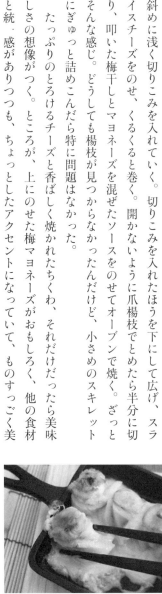

味しい！

というように、思いがけずとても楽しい晩酌ができたのも珍レシピカードのおかげ。収集の道はまだまだ続きそうだ。

お汁がじゅわっと染みこむ食材王座決定戦

0・001g単位の精密さで

先日、興味本位で、とあるデジタル式の「はかり」を買いました。

その性能がすごくて、なんと0・001gから50gまで計量可能という、精密さに特化したプロ用。試しにぴったり1gなはずの1円玉を量ってみると0・999g。経年によるすり減りの影響もあると考えれば、あまりの正確さにゾクゾクします。

これを手に入れ、僕が真っ先に測り比べてみたいと思ったのが「お汁がじゅわ

1円玉の重み

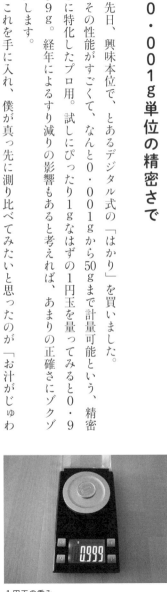

っと染みこむ食材たち」。

ほら、おでんの大根なんかを食べたとき、「だしがじゅわっと染みこんでて美味しぃ〜」なんて感想、出がちですよね。関西風に言えば、「ようしゅんどるわ」というやつ。

ほくほく、ぷりぷり、まったり、など、食べ物の食感の魅力にはさまざまな方向性がありますが、食材がたっぷりと汁気を抱えこみ、ひと噛みした途端、口中にその汁があふれだす、「じゅわっ」も、そのなかのひとつだと思います。

じゃあ実際のところ、いちばんじゅわっとした食材ってなんなのか？　どいつがもっとも汁気を抱えこめるのか？　おでんだったら、がんもどきも相当じゅわっとしてるし、煮物の高野豆腐や、お吸いもののお麩もかなりじゅわっとしてる。気になりません？　……うん、でしょ？

計り比べてやりましょうよ。

さっそくスーパーへ行き、候補食材をあれこれ買い漁ってきました。

同時に、染みこませるための汁もたっぷりと用意しました。たっぷりの鶏皮と鶏手羽をぐつぐつ煮て白だしを加えた、我が家の定番おでんスープ。

まずは事前の計量から

それではいよいよ、じゅわっと王座決定戦を開催していきましょう。用意したのはこちらの11食材。

・あぶらあげ
・お麩
・がんもどき
・高野豆腐
・コンニャク
・大根
・栃尾揚げ
・白菜
・ふえるわかめちゃん

頼んだぞ！

・マロニー
・結び昆布
※50音順

このうち、どう考えても汁を抱えこみそうにない「コンニャク」に、まずは模範演技をしてもらいます。つまり、じゅわっとしてないイメージの食材がどのくらいじゅわっとしてないかを知ったうえで、本戦に突入しようというわけ。吊るし上げのようで気の毒な気もしますが、コンニャクはおでんだねのなかでも個人的に好きな部類ということで、ご容赦願おうと思っています。

するとコンニャク選手の体重は、6・079gとのこと。

せめてもの温情として、包丁で切るのではなく、ちぎりコンニャクにしてみましたが、その断面に汁をいかほど抱えこめるか？

続けて、その他すべての食材の重さも測っておきましょう。

・あぶらあげ　2・172g

コンニャク選手、計量

どん兵衛のきつねうどんあたりを想像するに、かなりの活躍が期待されます。

・お麩　１・４５４g
今大会大本命のひとり。

・がんもどき　４・９６１g
おでんでじゅわっといったら彼ですよね。

・高野豆腐　３・０３９g
汁を吸った高野豆腐を思い浮かべるだけで、脳内に「じゅわっ」という音が再生されるほどの実力者。

・大根　３・２９０g
冒頭にも例を出した、じゅわっと界の花形。

・栃尾揚げ　３・９９２g
新潟県出身の選手で、一言で言うなら「あぶらあげのオバケ」。

・白菜　４・８９０g
鍋の後半に発掘される白菜、彼も相当抱えこんじゃうタイプですよね～。

・ふえるわかめちゃん　０・９１３g

かわいらしい名前とは裏腹に、みずから「ふえる」と言い切る予告ホームランスタイル。その体重を見るに、大会に向けての調整は万全のようです。

・マロニー　2・512g

彼も増えるよね～。がさつにとって鍋に放りこんでおくと、あとでびっくりするよね。

・結び昆布　0・672g

凛々しい姿にスポーツマンシップを感じ、全選手中もっとも軽い体重に期待が高まります。

検証方法

さて、厳正なる審査を行うためには、まず全員に同条件で汁を吸わせてやる必要があります。そこで今回は、

（1）同じ鍋に一気に投入し、10分間ゆでる

健闘を祈る！

（2）だしは冷めるときに染みこむと聞いたことがあるので、火を止めて10分間放置
（3）一気に取り出して計量

というわけで火にかけ10分、火を止め10分後の状態を見てみると、お、しゅんでますな～、各選手みるからに！

ではさっそく、まずは模範演技を行ってくれたコンニャク氏を計測してみましょう。元の体重6・079gから、どこまで増やすことができるのか!?　気になる結果はなんと……4・847g！

ちょwwwww　コンニャク先輩wwwww　汁吸うどころか、体重減っちゃってるじゃないっすかwwwww。

結果：0・797倍

10の食材をランキング形式で発表！

ではここからは、いよいよ本命選手たちがどのくらい汁気を抱えこんだか、つ

減ってる減ってるwww

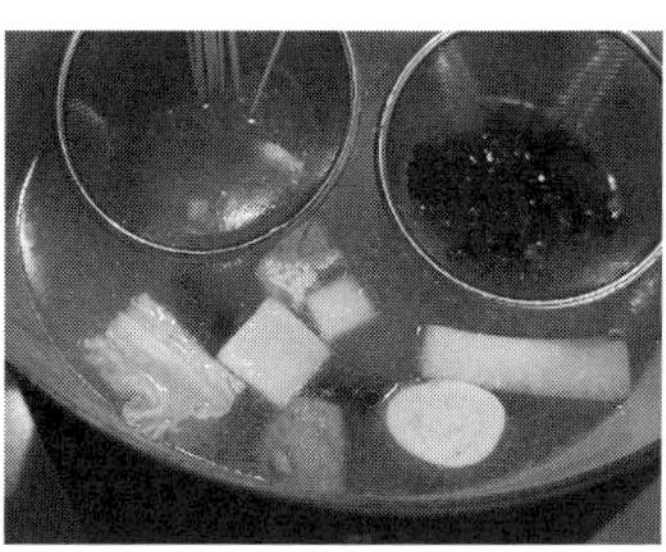
変な鍋

まり「体重が何倍になったか」をランキング形式で発表していきます。ちなみに倍率に関して、割り切れない場合は小数第3位以下は切り捨てて発表していきます。つーかこの複雑な数値で、単純に割り切れるやつなんていません。そう簡単な大会じゃないんです。

第10位「大根」　3・290↓3・269g　結果：0・993倍

なんといきなり波乱の幕開け！　じゅわっと感の代表選手と思われた大根も、体重を減らしています。

ただ、実際に食べてみたところ、当然まだまだ若い味だった。彼の場合、いったん鍋のなかで体重を減らし、それから時間をかけて汁を抱えこんでいくタイプだと予想され、今大会の規程内では実力を発揮しきれなかった？

第9位「白菜」　4・890↓6・369g　結果：1・302倍

対して、同じ野菜でも短期間にかなりじゅわっと感を増した白菜。倍率はこのくらいでした。それにしてもうまいね、とろっとした白菜は、ほんとに。

見た目はあんまり変わりませんね

第8位「がんもどき」　4・961↓7・786g　結果：1・569倍

食べ慣れた、いいじゅわっと感なのですが、意外と結果は伸びず。

第7位「栃尾揚げ」　3・992↓8・894g　結果：2・227倍

大会前には「あぶらあげのオバケ」と呼ばれ、怪物ルーキーとして周囲の期待も高かった栃尾揚げ選手。そのプレッシャーに若干押されたか、約2倍にとどまるという結果に。

いや、めちゃくちゃ美味しいんですけどね。じゅわっと。

第6位「あぶらあげ」　2・172↓12・244g　結果：5・637倍

そこにきてあぶらあげ選手が大健闘！　なんと栃尾揚げにダブルスコアをつけるという神プレー。

実際、ここ第6位から口に含んだ際のじゅんわり感がぐっと増した印象です。

断面から汁が流出したのも原因か？

白菜、しみじみうまいな～

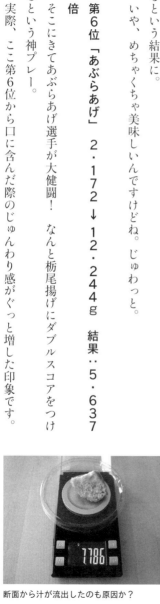

あ、感想を述べているのはあくまで、「純粋な美味しさ」ではなく「じゅわっと感」ですからね！

第5位「高野豆腐」　3・039↓18・840g　結果：6・199倍

ひぇ〜これは、もはや食べられるスポンジ！　ものすごい汁気。さすがの実力。

第4位「マロニー」　2・512↓17・434g　結果：6・940倍

時間をかければまだまだ結果を伸ばしそうでもあるマロニーですが、それでもじゅうぶんな結果に。

加えて、味に無駄な主張がないので、これまでの食材のなかでいちばんシンプルにだしの風味を楽しめますね。

第3位「結び昆布」　0・672↓6・045g　結果：8・995倍

いよいよ第3位。正直ここまで健闘してくれると思っていなかった昆布が大健闘！　乾物は強し。

静かなる実力者

見るからにたぷんたぷん

第2位「お麩」 1・454↓19・875g 結果：13・669倍

うっぉぉぉおおお！ これはなんだ、もはや液体！ 口に入れた瞬間に溶けてなくなり、じゅわぁあ〜〜〜っとだしの旨味が広がる！ すごいな、お麩。今後もっと利用していこう。

第1位「ふえるわかめちゃん」 0・913↓14・493g 結果：15・874倍

なんと第1位は、「ふえる」の宣言どおりのふえるわかめちゃん。抱えこんだり約16倍！ もはや原型を思い出せません。

と、今大会の優勝は「ふえるわかめちゃん」だったわけですが、これはあくまで体重を増やした割合。さすがにわかめを食べて「じゅわっとしてる」とはそこまで感じず、あくまで味の染みこんだわかめとしての美味しさでした。そこへいくと、2位の「お麩」はすごかった。じゅわっの権化。

予告ホームラン！

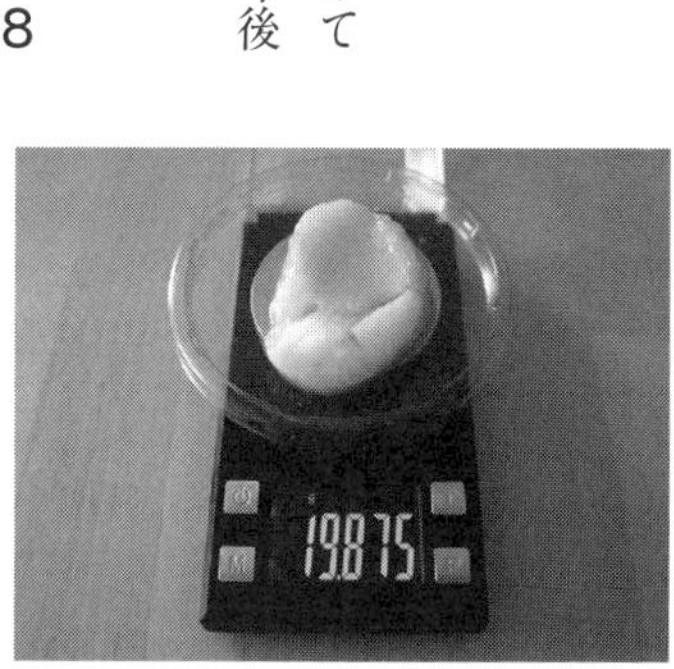

お麩の食材としてのポテンシャルを再認識

というわけで個人的な結論としましては、

・僕の知る限りもっともだしを抱えこめる食材は、ふえるわかめちゃん
・じゅわっと感を楽しみたいなら、お麩
・とにかくだしの味を堪能したいなら、マロニー

といったところでしょうか～。

本来なら宝石などを測りたかったろうに……

黄身なしゆでたまごを作って白身に感謝したい

白身に感謝し、敬う日

卵の黄身って美味しいですよね？　濃厚で、とろっとして、どんな料理でもあれがぽとんとのっているだけでちょっとスペシャルなものになる。

でも、そんなときの「白身」の気持ちをきちんと考えたことってありますか？

「ある！」と断言できる人はあまり多くないと思います。僕もそう。

自戒の念も込め、今日は徹底的に白身を敬おうと思います。

そもそも、思い返してもみてください。みなさん、ちょっと「黄身」ばかりをありがたがりすぎじゃないですか？

超豪華な海鮮丼のてっぺんに、卵黄がのっている。それをちょんと突きくずし、新鮮なお刺身なんかに絡んでいく様を「きゃ～」なんて眺めたあとで、うっとりと食べる。

考えたことがありますか？　そんなときの「白身」の気持ちを。卵黄を使ったレシピには、絶対にあまるはずの卵白をどうするかが書いていないことさえある。一応気を使って「あまった卵白は、お味噌汁にいれても美味しいよ」かなんか書いてあることもあるけど、え？　急に？　お味噌汁も作らなきゃいけなかったの？　さっきまでそんなこと言ってなかったじゃん！　じゃあ書いてよ。お味噌汁のレシピもちゃんとさ。そう、思いません？

考えたことがありますか？　メレンゲの気持ちを。世の中に卵の黄身がメインの料理は数々ある。だけど、白身が珍重されるのって唯一、「メレンゲ」にされるときくらいじゃないですか？　メレンゲだって憤ってるはずなんですよ。「我が同胞、よその現場でも割といい仕事してるんだけどな……」って。

いいえ、僕もこれまでの人生で、そういう行為を何度もくり返してきました。だ

そりゃあ黄身は派手だけどさ

からね、責めてるわけじゃないんですよ。むしろこれは僕とみなさんの問題。一緒に反省し、改善すべき点は改善していきましょうよ。と、そういうお話なんですね。

思い立ったが吉日。今日は、普段何気なく接しすぎてしまっていた白身に感謝し、敬う日、「敬白の日」にしませんか?

原稿用紙4枚ぶん近くも黄身への苦言を

そこで白身をどう敬っていくかを考えたわけですが、そもそも卵をゆでただけの「ゆでたまご」っていう料理。あれの時点で、ちょっと黄身って、いい気になってる気がするんですよね。どーんと中心に鎮座していばっているというか、どこか白身のことをSP的に考えているような節がある。

だけど思い出してもみてください。子供の頃って、ゆでたまごの白身のあの素直な味わいが、むしろ黄身より好きだったりしませんでした? それに、固ゆでたまごのパッサパサの黄身。あれだけがコロンとお皿にのって出されたとして、喉に詰まって食べられたもんじゃないですよ。白身があるからこそ黄身が美味しい。え？　半熟にすればいいじゃんって？　いやいや、けっこう難しいの。卵をちょうどいい半熟にゆでるのって。っていうかそもそも、「半熟」を辞書で引いてみるとこうありますよ。「食べ物が十分煮えたりゆだったりしていないこと。なま煮え」。ね？　「なま煮え」ですよ？　今まであなた、いや僕も、それをありがたがってたんですよ？

すみません、なんか自分でもモチベーションがわからないんですが、ここまでですでに原稿用紙4枚ぶん近くも黄身への苦言を書き連ねてしまいました。いや、そういうことが言いたいんじゃなかった。あくまで白身を敬いたいだけだった。

そこでですね、今日は「白身だけのゆでたまご」を作り、それをじっくりと味わうことによって白身のありがたさを再確認しようと、そう思ったわけなんです。

秘密兵器登場

作りかた。といっても、そんなものは今まで一度も作ったことがないので、思いついた方法を試してみます。

何はともあれ、まずは、卵を割って、そこから黄身を取り除いてください。あまった黄身？　好きにしてください。あ、お味噌汁にでも入れたらいいんじゃないかな？　で、白身を、意味があるのかどうかはわからないけど、箸でよく混ぜておく。

さて、実は秘密兵器を用意してあります。それが、まさに卵の形をしている、シリコン製のお菓子の型。

今回、どうやって白身だけのゆでたまごを作ろうかと考え、そういうものがもしあればと探してみたら、すぐにネットで見つかりました。はっきり言って、これが手に入った時点で、勝ちを確信してたんですけどね。

ここに卵の白身だけを流し込み、大きめのフライパンでお湯をわかし、底に敷いたお皿の上で蒸してゆく。思ったより時間がかかりますが、約30分でなんとか固まったようです。

っていうか、もうできちゃってますよね？　白身だけのゆでたまご。あとはこれを型から外して重ね合わせればいいだけだ。

意味なんて知らない

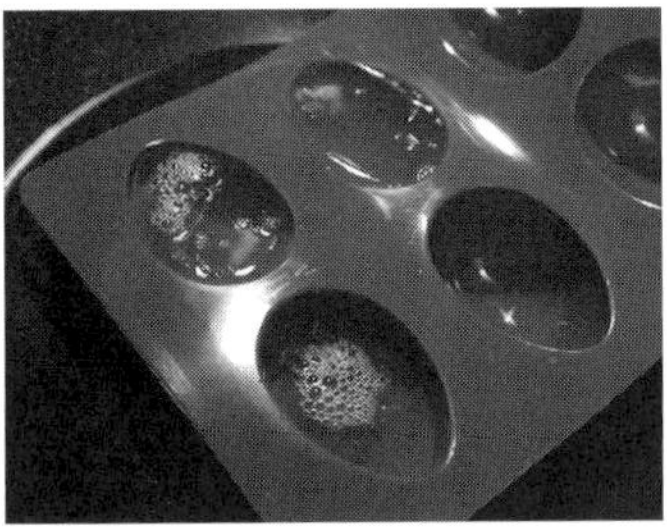
卵型のケーキなんかを作る用でしょうか

よ〜し、敬うぞ〜！　と、思いきや、直後に生じる大惨事。時間をかけて蒸しあげた白身たち、型にくっついちゃって、ぜんぜんきれいにはずれてくれないっす。内側に油でも塗っておいたほうがよかったのかな……。

それでも慎重に慎重に、なるべくきれいに外せたふたつを重ね合わせてみましたが、「世界一不器用な人がむいたゆでたまご」って感じで、ちょっと自分の気持ちを敬うモードに持っていけません。

ただ、せっかくなので食べてみたところ、これが美味しい。何もつけてないのにほんのりとした塩味も感じるし、そもそもイメージよりぜんぜん「無味」じゃない。ぷりんとした心地よい食感、そして、これと黄身の風味のそれぞれがあってこその卵だよなっていう、淡いけれどもきちんと主張のある味や香りがする。白身って、こんなに美味しかったんだなぁ。

作戦変更

さらにシリコン型で試行錯誤してもよかったんですが、油を塗って同じ結果に

不器用にもほどがある

ぎゃあ

なっても悲しいですし、作戦を変更しましょう。もう、卵の殻そのものを使っちゃうのはどうか？　そう思いつきまして、殻から中身を取りだす方法ってのをネット検索。殻を使った工芸作品なんてのはよくあるし、すぐに見つかりました。まず、よく洗ったキリなどで、頂点に穴を開ける。次に、反対の裏側にもっと大きめの穴を開ける。あとで白身を流し込みたいので、家にあったいちばん小さな「じょうご」がはまるくらいの大きさ（直径1㎝くらい）まで、慎重に広げました。そしたら小さいほうの穴からぷうっと息を吹きこむと、つるんと中身が出てきます。うん、うまくいったぞ。

殻をよく洗い、ちょうどいい台座になりそうなおちょこがあったんでそこへのせ、じょうごで慎重に白身だけを戻す。これを鍋に入れ、首まで浸かるくらいの水を注ぎ、あまり沸騰させるのもこわいので、「どうか機嫌をそこねないでくださいね」という気持ちで、弱火でゆっくり温めていきます。

もうさ、なんだかこの時点で今回の目的は達成したような気がしてきましたよ。だって今まで、こんなに丁寧に扱ったことないもん、白身を。

加減がわからないので、くつくつくつくつ40分くらいはゆでてたんじゃないか

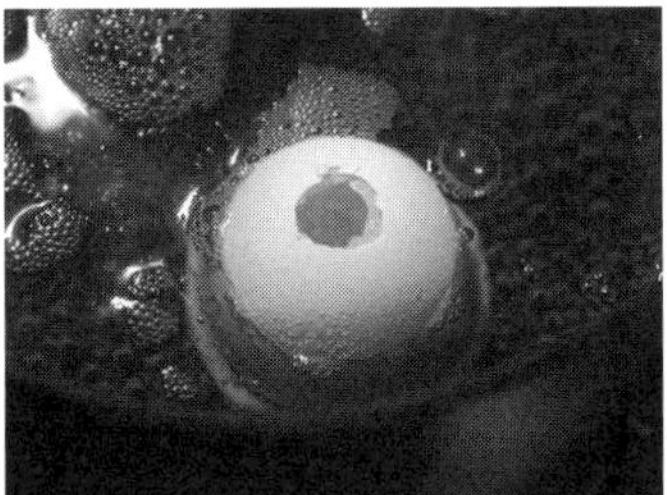

過保護すぎるくらい過保護に

意外と楽しい作業だな

な？　それでも割ってみるまでなかの様子はわからないんですが、なんとなく、もういいかというところで火を止めました。

で、普段ならわざわざそんなことしないんだけど、ゆでた卵を氷水にとっておそるおそる殻を割ってみると……あ、これはいけたんじゃないですか!?

思うぞんぶん感謝しよう

結論から言って、殻作戦はうまくいきました。ここからは、完成した白身ゆでたまごの美しさを堪能するとともに、あらためて白身を敬っていきましょう。

殻をむき、お皿にのせた白身だけゆでたまご。そう、一見するとただのゆでたまごだけど、ここまでの経緯を考えれば、もはや芸術作品。これは現代アートであるとも言える。まぁ、そんなアート作品に塩をかけてこれから食べちゃうわけですが。

では満を持して、このゆでたまごの中身が本当に白身だけなのかを確認していきたいと思います。あんまりきれいにできたもんで自分でも自信がなくなってし

美しい……

つるんとした表面が

まい、何かの間違いで普通に黄身が入ってたらどうしようと不安にもなっていたのですが、包丁でパカッと割ってみると、やった、大成功！

いや〜、達成感。そんな白身の晴れ舞台をいろんな角度から眺め回したら、最大限の敬意と感謝をこめ、いただきます。いつもありがとう、白身様！

……ちなみにぶっちゃけますと、あまった黄身、本当は味噌汁に入れたわけではなく、ぜんぶ醤油漬けにしました。これがまた、晩酌に朝ごはんにと大活躍。その味の濃厚さ、ありがたさが身に染みすぎたのも、あらためて白身とじっくり向き合ったおかげかもしれません。

いつもは何気なく食べてしまっていた卵の白身。手間はかかりますが、みなさんも年に一度くらい、白身だけのゆでたまごを作って味わう「敬白の日」を設けてみてはいかがでしょう？「ていねいな暮らし」って、そういうことなんじゃないかな。

全面真っ白なゆでたまご

池袋の中華スーパーで売ってるものがほとんどわからない

池袋北口リトルチャイナタウン

もう何年も前から、池袋北口界隈がちょっとした中華街と化している。といっても、横浜、神戸、長崎のような歴史ある中華街とは違い、あちら出身の人々がなんとなく集まってじわじわとできあがった、自然発生的なコミューンのようだ。界隈にある中華料理屋は、日本人向けのチューニングなど一切なしの本場味。メニューにだって日本語表記はあっても補足程度。そもそも客に日本人がほとんどおらず、店内では店員も客も中国語で会話をしているという風景が当たり前となっている。

僕は長いこと池袋で会社員をしていたし、怪しげな雰囲気の酒場を巡るのも大好きなので、ちょっといかがわしくて危ない雰囲気もあるこの一帯を、もの珍しさから散策してみるのが好きだった。中国東北料理の「永利《エイリ》」、四川料理の「知《チ》音《イン》食堂」、延辺《エンペン》料理の「楽楽屋」などに代表される、各地の味が気軽に楽しめる中華料理屋で飲むものも大好きだ。

そういう街だから、中国食材専門のスーパーマーケットだってもちろんある。なかでも最大の規模を誇るのが、駅北口からすぐのビル4階にある「友誼《ユウギ》商店」だろう。

そこにあることを知らなければ、進んで入ろうとする日本人はあまりいないであろう店がまえ。もちろんメインターゲットは中国人。が、よそ者目線の興味本位でちょっとだけおじゃまさせてもらうと、これがものすごく楽しいのだ。

そうだ、この中華スーパーで酒とつまみをあれこれ買い、自宅で中国味あふれる晩酌を楽しんでみるのはどうだろう？　きっと楽しいに違いない。

価格が「円」であること以外ほぼ中国

一見ひっそりと

わからないにもほどがあるつまみたち

広いフロアには、食材、酒、加工品、惣菜、調味料などなど、日本のスーパーではまず見ることのない商品が並んでいる。冷凍庫にはパッと見だとなんだかよくわからない肉がパンパンに詰まっているし、水槽に泳いでいるコイも、観賞用ではなくて食材だ。そんな店内をじっくり探索し、なるべく素性のわからなそうなものを中心に、何品か買う。

　ではこれらを、一日ですべては難しそうなので、何日かに分けて味わっていきたい。初日はどのあたりからいってみようかな〜。

　酒は、もちろん中国の紹興酒や白酒《パイチュウ》が種類豊富にそろっていたが、もっと見たことがなかった、台湾の「台湾米酒」というのを選んでみた。原材料は、台湾産の米、醸造用アルコール、米麴。アルコール度数は19・5％。つまりはきっと、焼酎に近い酒だろう。

　まずはグラスに氷を入れ、ロックで味見してみる。あ、これはやっぱり焼酎だ。米焼酎。強烈なアルコール感に喉が焼けるような白酒と違い、まったく違和感な

ひとつも知っているものがない

まずは酒から

く飲める。600㎖で600円しないくらいだったので、かなりお得な価格でもあるし、なかなかいいな。

次に、冬瓜とレモンのジュースらしきもの。これを飲んでみると、すっきりとした風味にカラメルの甘みが加わったような、不思議だけどなかなか美味しい飲みものだ。これで台湾米酒を割ってみると、薄オレンジな色味がいいし、どちらもクセが少ないから飲みやすくてうまい。「台湾チューハイ」と名づけよう。

続いて、何やらさまざまな穀物や種みたいなものがパッケージに描かれた「能量99」なる食品（？）を開けてみる。たぶんミックスナッツみたいなものだろうと予想していたんだけど、結論から言ってぜんぜん違った。パッケージの「99」の横に書かれた「棒」の文字を、僕は見落としていたのだ。「うまい棒」をいったん深海深くまで沈めて引き上げたような、小さな棒。食感もそんな感じで、ギュギュッと圧縮して密度を上げたうまい棒という感じだ。味はほんのり甘じょっぱく、確かな穀物感がある。うん、なかなかうまい棒だな、これは。

お次は、何がなんだかわからないにもほどがあるふたつの商品を皿に相盛りにしてみる。

どう見てもミックスナッツっぽいんだけど

棒だった

細長いほうはどうも「大面筋」という食べ物らしい。裏面の表示のわかるところだけを見ていくと、原材料は小麦粉なのかな。中華っぽいスパイスがふんだんに香る甘辛味で、食感は乾燥させて戻す前のてんぐさって感じ？　かったい。とにかく謎が多い。しかし、実際に食べてもまだなんだかよくわからないって、今の日本においてはかなり貴重な経験と言えるかもしれない。

もう一方はどうやら、そら豆を揚げてカニの卵をまぶした（？）ものらしい。カリカリと香ばしく、確かにカニの風味がしてなかなかなか。

衝撃に次ぐ衝撃！　「BIG STEAK」

また別の日。今日はインスタントラーメンコーナーにあった「重慶酸辣粉」なるものを作ってつまみにしてみようと思う。

パッケージに日本語表記などあるはずもないが、「６００㎖」という文字が見てとれたので、その量の湯に中身すべてをぶちまけ、ゆでてみればいいんじゃないかな？　きっと。

皿に盛っても

なんなの？

中身は春雨のような麺、液体と粉の2種の調味料といった感じだった。そこに、生まれてこのかた一度も裏切られたことのない野菜であるところの長ネギをたっぷり加えてゆでてみる。グツグツグツグツ……キッチンが一気に本場中華の香りに包まれた。

食べてみると、これがめっちゃくちゃ美味しい！　まず、スープがうまい。いわゆる四川風の酸辣《スーラー》味というんだろうか。なんだけど、わりとマイルドで食べやすく、しびれるような麻辣の「麻」の辛さもあるにはあるけど、ほんのり適度。それよりも、滋味深いだしのうま味が前面に出てくるような味つけで、日本人でもわりとすんなり受け入れられるんじゃないだろうか。

それから麺。これが究極にほわっほわのとろっとろのぷにっぷに。なんだけどしっかりとコシがあるのが不思議。「いくらゆでても麺の形を保つ、極細マロニー」とでも形容するのが適切なような。今後も買い続けたい、優しい美味しさだ。

ちなみに味変要素として、途中から一緒に買った「豆豉《トウチ》入り激辛ラー油」というのを足してみた。見た目が食べるラー油的なので、前日の夜、冷奴にたっぷりとのせて食べてみたところ、涙がボロボロこぼれるような本気の辛さで死にそう

完成！　途中で残りもののから揚げも加えた「重慶酸辣粉」

になったんだけど、この酸辣粉との相性は抜群。

穏やかだった麻辣の「辣」のほうの辛味が豪快に加わり、ビールが進みすぎた。

（後日談：その後また重慶酸辣粉を作って食べたときに重大なことに気がついた。なんと、液体と粉の2種の調味料のほかに、「黒酢調味料」の小袋も入っていて、前回はこれを見落とし、入れ忘れてしまっていたらしい。黒酢も加えて作った酸辣粉は、中華屋などでなじみ深い、いわゆるオーソドックスな酸辣味になった。個人的には、〝黒酢抜き〟で作るほうが好きかもしれない）

さてまた別の日。最後に残った謎の小袋を味わってみることにしよう。

パッケージの「BIG STEAK」に「素」という文字。そしてぶ厚いステーキの写真。これは完全に、ステーキ肉にまぶして焼く調味料、中華風ステーキの素で間違いないだろう。そう思い、すじ切りして叩いた牛赤身肉を用意し、封を開ける。すると、まったく予想外の展開が！

なんと袋からは、全然「素」って感じじゃない謎の固形物体がぽろり。ん？もしかしてこれ、この商品自体がステーキだということ？

ものすご～くおそるおそるはしっこをかじってみると、ははは確かにそうだった。

「大牛排」というのかな？

？？？

しかしなんなんだこれは、ビーフジャーキーとも違う、けっこう厚みがあってジューシーな肉。しかも味つけは中華風味で、かなり辛い。

またしてもわけがわからないな。こんな食べ物、これまでに出会ったことがないぞ……。ただ、けっこう好きな味。ごはんも進みそうで、確か100円そこそこだったんだけど、夕食のメインおかずがこれ1枚でも別に文句はないくらいの満足度だ。ただ、これ、牛なの？　そうは思えないんだよな〜。そもそもいったいなんの肉なの？　と裏側の表記を見てみる。すると、さらなる驚きが僕を待っていた。

読めない漢字も多いものの、原材料に一切の肉類が含まれていないことはわかる。そして、真っ先に記載されているのが「大豆組織蛋白」。つまりこれ、大豆を使って肉を模したヴィーガン的な商品ということ？　すごいな。食べ終わるまで完全になんらかの肉だと思ってたよ！

牛の生肉を眺めながら大豆でできたステーキを食べつつ酒を飲む。そんな非日常感を味わえたのも、中華スーパーあればこそ。気軽に海外旅行へ行けるのはいつのことやらなこの時代に、気分だけでも旅行気分。酸辣粉のストックがなくなったころにまた買い物に行こう。

パリッコの「東屋放浪記」～東久留米編～

東屋ファンのみなさま、大変お待たせいたしました

世にあまたいる東屋《あずまや》通に「なぜ東屋に行くのか?」と聞けば、答えは決まって「そこに東屋があるから」だ。

東屋には、ただ屋根と柱とベンチがあるだけではない。そこは、世知辛い現代社会を生きるすべての人々をほんのひととき「生きづらさ」というにわか雨から守る、精神の避難場所なのだ。

東屋を知る者は人生を知る。日本全国津々浦々、名東《めいとう》や秘東《ひとう》と呼ばれる東屋を

訪ね歩いてきたパリッコが、まだ見ぬ東屋を巡る新シリーズ「東屋放浪記」。記念すべき第1回の舞台は、水と緑の街、東久留米——。

まずは「老舗名東」へ

多摩地区東部に位置する、東京都東久留米市。市内に美しい2本の川、「黒目川」「落合川」が流れ、駅舎には富士見の名所「富士見テラス」が併設されるなど、東京23区内からほど近い場所にありながら自然豊かで、のどかな空気の流れる町だ。となれば当然、東屋が豊富であることは疑いようもない。

今回は、東久留米の町に東屋を求め、気の向くままに放浪してみよう。はてさて、どんな東屋と出会えることやら……。

まずは、東屋通ならば誰もが知る名東を目指そう。西武池袋線・東久留米駅西口を出て北西に向かい、3分も歩けば「黒目川」の美しい流れに行き当たる。川を越え、さらに少しゆくとたどり着くのが「小山台《こやまだい》遺跡公園」だ。

丘の上を目指し坂を登ってゆくと、東勘《あずまかん》のある人ならばすぐに気がつくことだ

公園は、小高い丘の上にある

黒目川

ろう。

老舗名東ならではの威風堂々たる風格が素晴らしい。

ちなみにこの場所、「遺跡公園」というからには、「遺跡」が存在する。が、僕はあいにく、東屋にしか興味がない。万が一興味がある方は、各自で調べてみてほしい。

さて、東屋だ。

やはり名東。ブロック状のパーツが複雑に組み合わさった重厚感。テーブルやベンチの脚の、過剰とも言える石張りの意匠も素晴らしい。

また、ベンチに木、テーブルに鉄素材を用いることにより、その重みの違いによって生み出されるリズム感が、直感に訴える仕組みになっているところも見逃せない。

建築と違い、東屋の設計者を知ることはたやすくないが、かなりの匠によるものであることは間違いないだろう。

また、その行為自体を推奨することは決してないが、東屋を東屋たらしめる要素のひとつに「落書き」がある。想いがあふれて書いてしまったものだろうが、

あの屋根はもしや……

東屋だ！

「小山台遺跡公園 東屋」

これが何かの遺跡らしい

石、木、鉄の三重奏

無数の人々の尻に磨かれた木肌は、もはや芸術品

塗装のはげた鉄の風合いもたまらない

寺院建築を思わせる天井

どれだけ訪東《ほうとう》を楽しみにしていたかがわかる。

思わぬ「天国東屋」との出会い

さて、ここからは、風の向くまま気の向くままに放浪してみることにしよう。公園や空き地があれば東屋がないかチェックしてしまうのは、もはや職業病だ。やがて突き当たった黒目川の川沿いを西に進んでみる。しばらくすると、驚くべき名東に出会うことができた。

見れば、先達が全身全霊でその空気を味わっている。ここは、東ナー《アズマ》を守り、相手の気にならないと思われるギリギリの位置に立ってじっと待つ。約15分ほどで自分の番が回ってきた。

今日、まさかここまでの名東との出会いは予想していなかった。これだから東屋放浪はやめられない。先ほどの「小山台遺跡公園東屋」の立地も素晴らしかったが、川沿いにそっと建つこちらもまったく負けてはいない。何より、水の流れを間近に感じる清涼感が素晴らしい。

有名人も訪れている

「A.M.」は「AZU MAYA」の略か

シンプルで美しい東屋だ

「いなりやま緑地 東屋」

すらりと並ぶ3枚の板が凛々しい

こういった立地にある東屋は、通の間で「天国東屋」と呼ばれ珍重されている。たっぷりととられたベンチ間の距離に、設計者の心の余裕が感じられる。天井も重厚で、木目のなかに一点だけある鉄の補強のアクセントには時間を忘れて見入ってしまう。

続いて落書きに注目すると。真っ先に「ポリきらい」の文字が目に入ってきた。本当にポリが嫌いな悪人は、ポリに見つかれば器物破損罪で現行犯逮捕もありえる落書き行為を行わない。よってこれを書いた人物は、「ポリが嫌いと周囲に宣言する自分が好きな若者」と予想される。

「つよし」という人物に強いこだわりを持つ人物による複数の落書きには、「つよしのこと好きなのはお前だろ！」と感じざるをえなかった。

本日も、名東との出会いに感謝。

この街ならではの「天然物」

まだまだ放浪の旅は続く。あてなく歩いていると、先ほどの黒目川と並行して

「ポリきらい」

天井を見上げるのは東屋鑑賞の醍醐味

珍しいポジティブメッセージ

パッション

「つよしは男が好きだ」

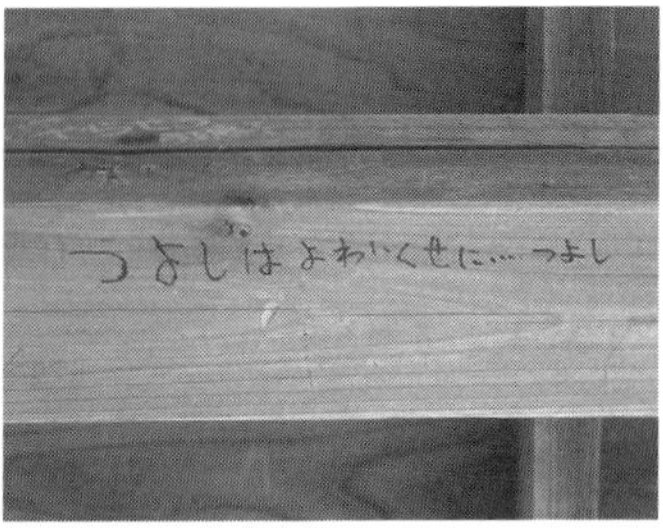

「つよしはよわいくせに…つよし」

豊かな自然。水も清らか

落書きと同じテンションだが注意書き

これはもう「屋根」だろう

この空間に注目

流れる「落合川」にたどり着いた。川沿いは公園や空き地の宝庫。東屋の気配を感じる。

するとすぐに嬉しい出会いがあった。東勘のない人には、「ただ木製のベンチがあるだけ」にしか見えないかもしれない場所。が、その頭上には、中心にそびえる木からたくましく枝葉が広がっている。このように自然発生した東屋的空間は、通たちの間で「天然物」と呼ばれ、これまた珍重されているのだ。

しかも、木から発生するフィトンチッドと、横を流れる川からのマイナスイオン、ダブルの健康効果のおまけつき。東久留米人たちがみな、血色の良い顔つきをしている秘密を垣間見たような気がする。

真横にはこの流れ。水音が耳に心地よい

彼岸花の妖艶な魅力まで加わる

黒目川沿いはチェアリングのメッカでもある

眺めているだけで心が洗われる川面

昭和の面影を今に残す「スケルトン」

川沿いをさらにゆく。

しばらく歩いていると、昭和のまま時が止まったような公園に出会った。郷愁に胸をかきむしられるようだ。

その公園にもごく簡素な東屋があった。「屋根が屋根の意味をなしていないこのような物件を、果たして東屋と呼ぶのか？」という疑問の声もあるだろう。が、我々マニアは、建築学的な視点から東屋を見ているのではなく、あくまで「ときめくか」「ときめかないか」の心の声に従い、東屋を愛でているだけなのだ。

つまり、これは立派な「スケルトン」タイプの東屋。珍しく2台並んだすべり台、そしてどこかの子の水筒とのコントラストが芸術的だ。

憧れの「会員制」と身近な「量産型」

街なかに意外なほどたくさんあるのが、通称「会員制」と呼ばれる東屋。農家

いつか見た風景

そこで出会った東屋

別角度から

それにしてもノスタルジー満載な公園だ

や登録制の畑のなかにあり、そこを使っている人にしか利用できない東屋のことを言う。

おいそれと足を踏み入れることができないぶん、東屋ファンたちの憧れの的となっており、これを利用したいがために畑を借りる奇特な向きすらあると聞く。が、個人的にはそこまでの行為は、農作物に失礼だと感じ、おすすめできない。むしろ、「一生立ち入れないからこそ興奮する」のが正しきファンの姿であろう。

さて、駅近くまで戻ってきた。最後に、初心者がもっとも身近に楽しめる東屋を紹介しよう。都市部のなんでもない公園にある、通称「量産型」。飲食店にたとえれば「チェーン店」といったところだろうか。

一見、簡素でおもしろみがないようにも見えるが、通たちは口を揃えて言う。「東屋に貴賤なし」。どんな東屋にも魅力を見出し、全身全霊で味わってこそというわけだ。

このように、ひとつの街を歩くだけでも様々なタイプと出会うことができる、魅力あふれる東屋の世界。あなたも今すぐに巡ってみたくなったのではないだろうか？

会員制とはこういうタイプ

心が疲れたら、またやって来よう

ただ、最後にひとつだけ忠告、いや、懺悔しておきたいことがある。それは、本記事中に登場する、東屋に関する専門用語や情報は、すべて僕が今、この原稿を書いている朝4時に、勝手に考えたものということだ。万が一「へ〜そういう文化があるんだ」なんて信じてしまった方がいたら、大変面目ない。

でも、東屋はいいでしょ？　本当に。

どこにでもありそうな

新しいワンタン麺

新しいワンタン麺の誕生

先日、冷蔵庫にワンタンの皮が何枚かあまっていて、どう消費しようかな〜と考えていました。まぁ、くしゃっとにぎってスープかなんかに入れてしまえばそれだけで美味しいのがワンタンの皮のすごいところなんですが、ふと思いついた。

「こいつ、細切りにしたらそのまま麺にならないかな？」

さっそく試してみたところ、なんと見事に新感覚の麺料理が誕生してしまったんですよね。

どういうことか。いや、そう難しい話でもないんですが、いわゆるごく一般的なワンタンの皮を買ってくる。それを袋から、重なったまま取り出すと、ワンタ

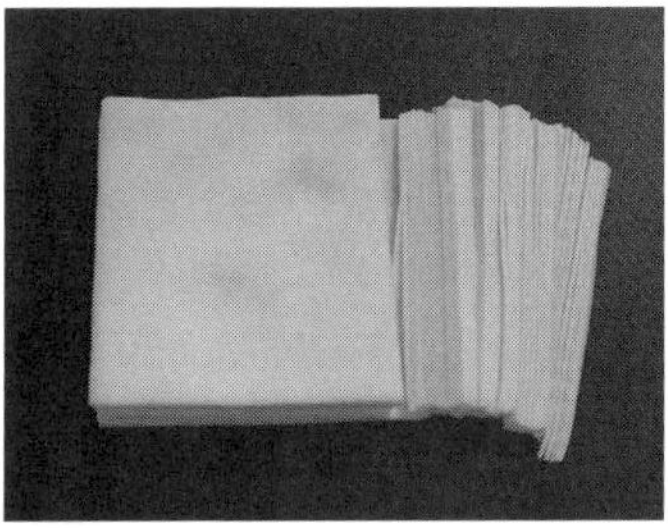

はしから切っていく

この立方体を

ンの皮は立方体の状態ですよね。

それをそのまま、はしからズパッズパッと切っていくだけ。

ね？　麺でしょ？

適度な手ごたえとともに、気持ちよく切れていくワンタンの皮。なんだか自分が、熟練の職人にでもなったような快感があります。

この感覚ってあれだ。そば職人が手打ちそばをでっかい包丁で均一に細切りにしていく感じ。あれをこの世でもっとも気軽に味わえるのが、ワンタン切りなのかもしれません。

あとはまぁ、なんでもいいんですけど、市販の中華スープの素とか、好きな具材と一緒にさっとゆでてやれば、ちょっとした麺料理が完成。

ね？　これこそが、ラーメンにワンタンがトッピングされているのではなく、ワンタンの皮自体が麺になってしまった「新しいワンタン麺」というわけなんです。

これがですね、究極にふわふわ～っと、とろとろ～っとした、日々の暴飲暴食でちょっと胃腸に負担がかかってるな、なんてときにちょうどいい、ものすごく

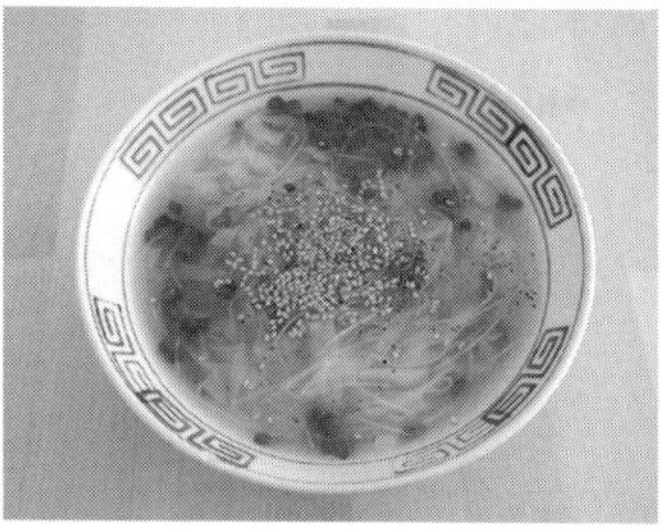
あまりにも簡単に

ぱらり

癒される味わいなんですよ。

さらにいいのは、量が自在に調整できるところ。1袋丸々使うのではなく、皮10枚ぶんくらいで作れば小腹を満たすのにちょうどいい麺料理一杯ができ、パッケージの情報から計算するに、麺自体のカロリーは114kcalほど。もちろん3枚ぶんくらいで作ることだって可能。その場合のカロリーは34kcalほど。お酒を飲んだあと、無性にラーメンが食べたくなったときなど、その麺欲を満たすのにこれほど適したメニューはないいんじゃないでしょうか。

また、新しいワンタン麺は応用範囲も広いんです。たとえば肉や野菜と一緒に炒め、オイスターソースあたりで味つけするだけで、お酒のつまみにぴったりな焼きそば風に。その際のポイントは、多めの油でまず麺をカリッと揚げ焼き風にして、それから具材を加えることかな。

他の皮でも試してみよう

となれば当然、他の皮でも試してみたくなりますよね。はい、餃子の皮を買っ

新しいワンタン麺 焼きそば風

「コシ」という概念の対極にある麺

てきました。

餃子の皮は丸かった。丸かったけど、気持ちよさは変わらなかった。

ところで一般的に、ワンタンの皮には中華麺によく使われる「かんすい」が入っており、餃子やシュウマイの皮にはそれが入っていません。とすると、餃子の皮で作った麺は、中華麺ではなくて「うどん」であると言えますよね？　はい、言えます。

そこでこっちは麺つゆで味つけしてみると、これまた優しい味わいでありながら、ワンタンの皮よりはいくぶんコシも残っている感じもあって美味しい！　平打ちっぽいピロピロ食感も楽しく、冬期の朝ごはんは毎日これでもいいんじゃないかとすら。

今思ったんですが、これらの麺、キャンプなどのアウトドアに持ってってもよさそうですよね。かさばらず、小さなまな板とナイフがあればすぐに麺が作れる。汁っけのある料理のシメに入れたら最高ですよ。

さてこんどは春巻の皮だ。実はこのスタイルの麺作り法を発見し、いちばん期待してたのが春巻の皮。だって、ワンタンや餃子よりもサイズが大きくて、もっ

ほうとうのミニチュアのようでもある

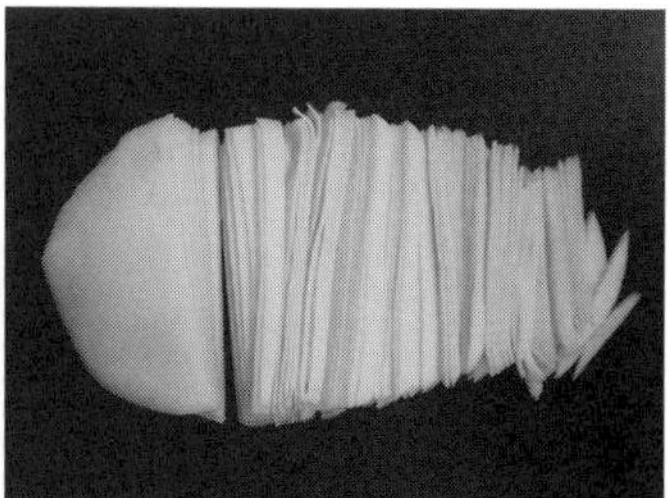
このスパスパ感、最高

とも麺生地に近そうじゃないですか。

ところが実際に切ってみると、ぜ〜んぜん気持ちよくありません。春巻の皮って、あらためて相対してみると、ワンタンや餃子とはぜんぜん質感が違うんですね。薄くて、ミチッとしていて、ものすご〜く力を入れてギチギチやらないと切れない。まぁ、そもそもどれも切ることは前提としてないんだけど。

それでもなんとか麺状になったので、鍋でゆでてみたところ、またまた想定外の事態が発生。

なんと、熱湯に入れたとたんにまたたくまに溶け、原型がすっかりなくなってしまいました。原材料を見てみると「澱粉（タピオカ）」というのが他にない要素っぽいので、そいつの仕業か？

いや〜またひとつ勉強になった。春巻の皮をゆでると、溶けるんですね〜。

気になるお味のほうはというと、なんだろう？　ものすごくはっきりしないことは間違いないんですが、「中国のとある地方の朝ごはん」と言われれば、そうなんだと受け入れられなくもない。風邪をひいたときにお母さんが作ってくれたらものすごくありがたいかもしれない。つまり、ぜんぜん嫌いではない。

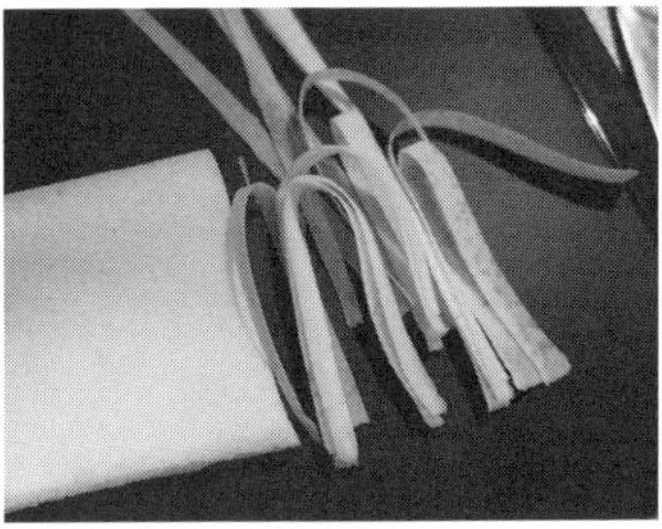
苦心の末に

謎のドロドロスープが完成

春巻の皮でラーメンを特濃にしてみよう

ここからは完全に脱線なんですが、お湯でゆでたらドロドロに溶けてしまった春巻の皮。その別の使いかたを思いついたので試してみたいと思います。

以前、僕が発見した「おもち」の利用法に「モチポタスープ」というのがあります。これ、お湯でおもちをゆでるとすっかり溶けてしまい、そこにとろみだけが残るというもの。たとえばインスタントラーメンに応用すると、見た目と食感だけすごく特濃になっておもしろいんですよね。

それを春巻の皮でもやってみようというわけ。さっそくてきとうにちぎった春巻の皮をゆで、「とろみ湯」を作る。おもちの場合は、溶けやすくするために包丁で切る作業が必要でしたが、こっちのほうがだいぶ楽だな。

この湯で普通にインスタントラーメン、今回はマルちゃん正麺の豚骨味を作るだけ。なのですが、ここで僕の持つ１０８の「飲み食いライフハック」のなかのひとつ「ラーメンに揚げ玉を加えるとちょっと豚の背脂っぽい」も合わせ技で使

見た目だけ濃厚なモチポタラーメン

い、「見た目だけ濃厚とんこつラーメン 見た目だけ背脂トッピングバージョン」が完成しました。

あ〜、こりゃあいい。モチポタスープでほんの少しだけ感じるノリのようなペタペタ感もないし、ちぎって鍋に入れるだけなのでとことん気軽。偶然の発見ではありましたが、春巻の皮、スープにとろみをつけるのに理想的な食材ですね！

……って、えーと、なんの話をしてたんでしたっけ？ そうだ、ワンタンや餃子の皮が麺になるって話だ。なのになんで僕、今こんなドロドロのラーメンをすすってるんでしょうか。

とにかくですね、ワンタンの皮はかんすい入り。餃子の皮はかんすいなし。どちらもスパスパッと切ると適量の優しい麺になるので、お好みのスープとともにぜひお試しあれ。

そして、市販のインスタントラーメンを気分だけでも特濃にしたい場合は、春巻の皮をちぎり入れればＯＫ！

引き上げた麺がスープに沈んでいかない

食べるのに覚悟がいる系ラーメン

フレッシュフルーツ×酒の世界に無限の鉱脈があった

生活に旬のフレッシュフルーツを

先日、飲み友達のライター、スズキナオさんと、漫画『とんかつＤＪアゲ太郎』原案のイーピャオさんというメンバーで、ＷＥＢ飲みのオンライン配信イベントをしていた時のこと。ただ漫然と飲むだけでなく、何かしら話のネタがあったほうがいいだろうということで、イーピャオさんが提案してくれたのが、「それぞれ思い思いのフルーツを手もとに用意しておきませんか？」というもの。

なるほど、確かにそれはおもしろい。そもそも僕は、フルーツにほとんど興味がない。嫌いじゃないけど、フルーツを自ら買うことはほとんどない。強いて言えばまれに、アメリカ産の皮ごと食べられるブドウ、紫と黄緑のふた房が入ったパックがよくスーパーで売っていて、なんとなく好きで買うくらい。だけど自分もそろそろいい年だ。旬のフレッシュフルーツを生活に取り入れるというのはなんだかとても素晴らしいことに感じた。

その日僕が用意したのは、例の2色のブドウ。ナオさんはりんご。イーピャオさんはさすが提案者だけあり、青森産のブドウ「スチューベン」と「メロゴールド」なる柑橘類というこだわりを感じるラインナップだった。

で、その日の終盤、イーピャオさんが突然、メロゴールドを搾り器で搾りだし、その果汁を飲んでいるチューハイに豪快に加えたのだ。これが強烈にうらやましかった！　すぐに自分もやりてぇ、と思った。つまりそれが、今回の検証をするにいたった経緯。

となれば、果汁搾り器が早急に必要だ。居酒屋で生搾りサワーを頼むと、円形で周囲に果汁を溜めるくぼみがあり、中央に突起があってそこに半円状の柑橘類をグイグイ押しつけるタイプの搾り器が出てくることが多い。僕はあの、いったん椅子から立ち上がって全体重をかけなければいけないどこか非効率な感じがあまり得意ではなく、店に生搾りサワーがあっても避けてしまうような節があった。そこで何かこう、万力のようにフルーツを圧縮して果汁を搾り取れる器具がないかネットで探し、「ステンレス製ハンドジューサー アミ付」という商品にたどり着いた。

「質実剛健」という言葉を連想させるステンレス製の本体に、目の細かさの違うふたつのこし網。そこにフルーツをのせ、レバーを押して圧縮すると、下の受け皿に果汁がたまるというわけだ。

ハンドジューサーが届いたその日、さっそくスーパーでフルーツをあれこれ買ってきた。イーピャオさんが食べていたスチューベンに、いちごにメロン、パインなどなど。ちょっと試したいことがあるのでひとつ野菜も混じっているが。

さてここからは、いよいよフレッシュフルーツ×酒をあれこれ、思いつくままの組み合わせで試していこう。

大量のフルーツ＋トマト

業務用っぽい見た目がかっこいい

フルーツ×酒の組み合わせを思いつくままに

1杯目「パイン×発泡酒」

あいにく僕には、どんなフルーツとどんな酒の相性がいいというような基礎知識がない。そこでもう、完全にフィーリングで「これとこれを合わせてみたらどうなるか気になるな」っていうのから作っては飲んでいく。

1杯目は、家でよく飲んでいる発泡酒「本麒麟」とパインの組み合わせだ。パインから力任せに果汁を搾り取り、グラスに注ぐ。ちびりと味見してみると、香り高いのにまろやかで腰が抜けるほどうまい。さすが搾りたて。そのまま飲み干したいのをがまんし、ここに発泡酒を注いでゆく。

トクトクトク……濁った果汁と透明感のあるビールがきれいなグラデーションを描きだす。そのまま注ぎ進めるうち、ちょっとした異変に気づいた。今注いでいるのはまちがいなく発泡酒でありながら、泡が異常にきめ細かく、そしてもこもこと力強いのだ。

おずおずと飲んでみて驚愕した。まず、泡の口当たりがいつもの発泡酒と比べ

なんとも小粋な見た目

フレッシュそのものなパイン果汁

て段違いにに柔らかい。それから、最初はほんのり、飲み進めるに従ってどんどん華やかに、パインが香る。最後のひと口にはそこにしっかりとした甘みも加わり、一杯のなかに濃密なストーリーが生まれている。

最近、1本数百円〜1000円くらいするちょっといいクラフトビールを奮発して買って、週末に飲むなんてことをたまにやっている。クラフトビールだからそれぞれに個性があり、個人的に「大当たり！」ってものから、「まぁまぁだったな」なんてものまで、もちろんいろいろある。が、このパイン本麒麟、1本1000円出していたとしても、個人的に後悔はないくらいに美味しい！　なんてこった。こんなところにもまた、家飲みの鉱脈があったとは……。

2杯目「トマト×発泡酒」

ビールにトマトジュースを加えた「レッド・アイ」なんてカクテルがあるくらいだから合わないはずがなかろうと買ってきた、唯一の野菜。

フレッシュなトマト果汁に先ほどと同様に本麒麟を注いでみると、やっぱりだ！　泡がもっこもこ！

泡の力強さがすごい

詳しい原理がわからなくて歯痒くもあるけれど、とにかく搾りたての果汁に発泡酒を注ぐと、泡の質が断然よくなるという知見を得た。

最初は言われなければトマトだとわからないくらいほんのりとした、それでいてフレッシュ感のあるビール。そこから徐々にほんのりと青い爽やかさが広がり、これまたうまい！

3杯目「ぶどう×発泡日本酒」

お次はスチューベンだ。試しにひと粒食べてみると、華やかな香りと甘み、酸味のバランスがよく、とても美味しいブドウだった。

合わせるのは、以前「ぶどうと日本酒はよく合う」という話をどこかで聞いた記憶があって、スパークリング日本酒にしてみた。

グラスからふわりと漂う甘い香りに集中しつつゆっくりと口に含むと、これまた感動的にうまい！　もとの酒がそもそも甘酸っぱいので、その風味とまろやかなぶどう果汁の相乗効果というか、決して日本酒らしいわけではないけれど、「こんなにうまい酒飲んだことない！」と感極まってしまうレベルですごかった。

ぶどう果汁と「松竹梅白壁蔵 澪《みお》」

その相性やいかに？

これはもはや、新しいカクテルだ。

ただ、裏の成分表を見るとこの酒、アルコール度数が5％とかなり低めで、つまりは「贅沢な大人のぶどうジュース」的美味しさとも言える。そこで思いつき、大慌てでコンビニへ行って、ごく普通のカップ酒を買ってきてみた。

4杯目「ぶどう×カップ酒」

まずカップの酒を少しだけ飲み、そこに果汁をプラスする。で、飲んでみる。……はは、ここまでくると自分のなかに「果汁信仰」すら生まれそう。ものすっっっっっごく飲みやすくて美味しい！

東京下町の大衆酒場などで、グラスに入れたストレート焼酎に「梅エキス」なるものを数滴たらした「梅割り」なんてメニューがあり、驚くほど飲みやすくて危険でもあるんだけど、それのさらにヤバいバージョンというか。もとの度数は15度あるんだけど、ジュースのようにゴクゴク飲めてしまう……。

なかなか危険な見た目をしている

5杯目「柿×缶チューハイ」

僕のもっとも愛する缶チューハイといえば、タカラの「焼酎ハイボール」。レギュラーだけでもかなりの種類があり、そこに季節ごとのフルーツを使ったテイストが限定で発売されたりして、そのどれもが甘ったるくなくスッキリしているので、飲むのはもっぱら焼酎ハイボールという友達も周囲に多い。

なかでもプレーンな味となる「ドライ」にフルーツ果汁を加えれば、自分だけの限定焼酎ハイボールが生み出せるのでは？　と考えたわけだ。

さて何を合わせよう？　そうだ、これまでもこれからも、きっと発売されることがなさそうな「柿味」なんてどうだろう？　思いついてしまってからずっと、胸の高まりが抑えきれない。

ところがこれを作って飲んでみると、ほんの少しまろやかな甘みが加わったくらいで、あまり柿感は感じられなかった。考えてみたら、柿ってすごく強い香りがあるわけじゃないもんな。現に今、「柿の香りを思い出してみてください」と突然言われたら、どうです？　意外とぼんやりしちゃってません？

ほんのり柿色の焼酎ハイボール

そういえば柿の果汁を搾ることってないよな

6杯目「メロン×缶チューハイ」

じゃあメロンはどうだ？　これも今までなかったはず。すると今度は対照的に、ひと口目からあふれんばかりのメロン感！　メロン強い！　ファンシーな味わいで、とても美味しかった。

プレーンチューハイの受け皿の大きさ

ここからは、僕が晩酌時にもっとも好んで飲んでいるプレーンチューハイ、つまり、甲類焼酎を炭酸水で割っただけの、ほぼ無味の酒にフルーツを加えていってみよう。もとが無味なんだからうまいには決まってるだろうけど、僕が一番リアルに試したかったゾーンでもある。

7杯目「キウイ×プレーンチューハイ」

市販の缶チューハイで「キウイ味」のものを見つけるとつい買ってしまうほど、この果実のフレーバーが好きだ。ただ、キウイそのものを買って食べるというこ

お子さんも好きそうな味。酒だけど

とは今までほとんどなかった。そうか、買って搾ればよかったんだ。

これが、市販のキウイ味チューハイのようなどことなくケミカルな感じがなく、甘さ控えめで、ものすごくいい！　欲を言えばキウイの果汁は、もっと大量に入れてもよかったかもしれない。相当贅沢な領域になってはいくけれど。

8杯目「ライム×プレーンチューハイ」

酒に添える定番というイメージのあるライムチューハイは、ひと口目にかなりの酸味を感じるけど、慣れるとゴクゴクいける。

後日見た手もとのメモには「フルーツ摂取をくり返して体が喜んでいる！」とあったけど、同時に酒の摂取もくり返しているので、事実かどうかは定かでない。

9杯目「みかん×プレーンチューハイ」

みかんチューハイは、さっきのライムチューハイとは違って、どこかほっとするような穏やかな味。甘みもあって香りもしっかりしていてかなり好き。何より安いし、これからは日常的に飲んでいこう。

子供のころから慣れ親しんだ見た目

搾り器に残った果肉も加えたらさらによかった

10杯目「スウィーティー×プレーンチューハイ」

緑色のグレープフルーツといった見た目のスウィーティー。これ、僕の子供時代にはまだ一般的ではなかったと思う。ある時期から急に日本でメジャーになり、初めて食べた時は、苦くなくて香りの華やかなグレープフルーツって感じで衝撃を受けた記憶がある。

結論、最高にうまい。

11杯目「イチゴ×プレーンチューハイ」

いいかげん飲みすぎて酔っぱらい、この日はイチゴチューハイを飲むのを忘れてしまって、翌日に作って飲んだ。もうわかり切ってしまったけど、チューハイにはどんな果物を入れてもうまいね。ときめく味。

今回試したフルーツ×酒の組み合わせは以上。すべてが間違いなく美味しかったし、特にビールや日本酒とのマッチングにはまだまだ可能性が眠っていそうで

贅沢イチゴチューハイ

ただただうまい

夢がある。これからは、日常的にフルーツを買う男になりそうです。私。

ちなみにこの実験の数日後、なぜかまた別の果汁搾り器が家に届いた。確かこれ、商品をあれこれ検討して、お気に入りにブックマークしておいたやつだったはず。酔っぱらってるか寝ぼけたときにうっかり購入しちゃったかな……。

とはいえ、こっちはこっちでパーツが少なく、気軽に柑橘類を搾るのにすごく便利。だから別にいいんだ。急に自宅に搾り器が2個増えたくらいのことは。

どっちも気に入ってます

朝ごはんを外食にしてみる1週間

マンネリ気味の日々に変化は訪れるか

会社勤めをやめてフリーライターになり早2年。生活のなかで大きく変わったことのひとつに「昼ごはんを外で食べることがほぼなくなった」というのがあります。

以前は毎日決まった時間に会社のある池袋まで通っていたので、昼休みは当然のように、毎日外食をしていました。それが日々のちょっとした楽しみでもあった。ところが基本、家、もしくは徒歩圏内に借りている仕事場で仕事をする毎日になると、その必要がなくなります。新型コロナウイルスの影響でリモートワークになり、同様の環境だという方もけっこう多いんじゃないでしょうか。

ところで僕には現在、3歳になる娘がいまして、朝、保育園への送りを担当することがよくあります。先日、ちょっとした用事があって、その足で駅前まで行った時に気がついたんですが、世の中には俗に言う「モーニング」、朝ごはんを提供しているお店がけっこうあるんですよね。

そこで思いました。昼間は忙しかったりして、さっと家で食事を済ませてしまうことも多い。じゃあ、朝ごはんを積極的に外食してみたら、マンネリ気味の日々に何かしらの変化が訪れるんじゃないか？　よし、今週の平日は毎日、外食にしてみよう！

月曜日：頭が整理されることがわかった喫茶店モーニング

ルールとしては、午前10時を過ぎてしまうとなんとなく朝っぽくないので、それより前からオープンしているお店で朝ごはんを食べること。それから、せっかくなので大手チェーン店ではなく、なるべく個人店で食べること。

今回は、僕の家から徒歩で行きやすい、西武池袋線の石神井公園、および大泉学園のお店をメインに巡ってみようと思います。

月曜日の朝食は、大泉学園駅前にある「喫茶アン」というお店で。いわゆる昔ながらの喫茶店で、ずっと存在は認識しつつ、なかなか入るタイミングがありませんでした。が、そもそも今回の企画、喫茶アンのモーニングの看板を見かけたことがきっかけで思いついたんですよね。

午前8時から11時まで限定で、トースト、フルーツヨーグルト、スクランブルエッグ、サラダ or ハム or ベーコンに、飲み物まで付いて630円とお得そう。チョイスができる部分は、せっかくなのでふだんなら選びそうにない「サラダ」にしてみようかな。さてさて、どんな朝ごはんが食べられるのか……。

すぐにやってきたモーニングセット、いや～、朝からいきなりアガる光景です。サラダにかかってるドレッシングが自家製なのか、すごく美味しい。プラス、フルーツヨーグルトなんていう、朝食べておくと体にいいに決まってるものから一日を始められるというのが、なんとなく気恥ずかしくも嬉しい。

そしてスクランブルエッグとトースト！　こんな組み合わせ間違いなさすぎる

豪華！

魅力的

でしょう。僕、どちらかというとお米派で、家でトーストを焼いて食べるってことがあまりないんですよね。しかしながら、たっぷりとバターの染みこんだ、ていねいに焼かれたトーストって、本当に美味しいですね。久々に思い出したわ。また、店内の雰囲気が抜群にいいんです。本棚には漫画が並んでいて、新聞が数紙揃っていて、きっと毎日ここで朝ごはんを食べてるんだろうなっていう老紳士がひとり、ゆっくりとそれを読みながらコーヒーを飲んでいる。なんだろう、この心の余裕。いつもなら朝ごはんを食べ終わったあと、なし崩し的に仕事に突入するわけですが、今日は食後のアイスコーヒーもあることだしと、ゆっくりスケジュールを整理しちゃったりして、なんだか頭のなかまですっきりクリアになった感じ。思ってた以上にいいですね。朝外食。

火曜日：外コーヒーのうまさにも目覚めたテイクアウトモーニング

今日は、石神井公園にある持ち帰り専門のサンドイッチ店「サンドーレ」に来

ザ・昔ながら

合体させたらもう最強

てみました。こういう昔ながらのサンドイッチ屋さん、なんだかテンション上がりますよね。たまらなく美味しそうに見えるんだけど、これまたなかなか買う機会がなかったので楽しみだ。

イートインはないけれど、幸い近くに公園がある。サンドイッチをテイクアウトし、石神井公園に持って行って食べることにしようっと。

店内で手作りされたサンドイッチは、どれも魅力的でリーズナブル。これからはもっと利用しよう。なんて思いつつ、大好物すぎる組み合わせの「チーズメンチカツサンド」（280円）と、ちょっと変わった名前の「ドレッシングサンド」（220円）の2種類を選んでみました。

ところで最近、ずっとやってみたいと思ってたことがあるんですよね。それが、「野外で割とちゃんとコーヒーをいれてみる」。

なんかほら、12月の東京って、空気は冷たいけれどもやけに天気がいい日が多くて、外が気持ちいいじゃないですか。そんななかでいれたてのコーヒーを飲んだら、さぞやうまいんじゃないかと想像してたんですよ。そこで、家からマグカップ、簡易ドリップ式コーヒー、熱湯を持ってきてみました。

簡易的なセットですが

「サンドーレ」

準備が完了し、さてごはんだごはんだ。いや〜まず、外で飲むコーヒーがめちゃくちゃ美味しい！　香り、苦味、甘味、酸味などが、いつもよりくっきりと感じられるのは、そのありがたいシチュエーションゆえでしょうか。

そんでもってサンドイッチ！　ドレッシングサンドは、キュウリ、ニンジン、レタスなどの野菜に、酸味がありつつもマイルドなドレッシングと、ほんのりとからしをあえたものが具になっているのかな。昨日に続き、朝から健康的。そしてチーズメンチカツサンド。これこれ！　っていう、昔ながらのパン屋の惣菜パンの美味しさ。

とはいえ、ひとりでサンドイッチ４個はさすがに多すぎましたね。外食ってメニューが多彩で、ついついあれもこれもと食べたくなってしまいがちなものですが、それは朝でも例外でないということにも気づかされました。

水曜日：ついに仕事までしだすカフェモーニング

シンプル素敵空間

手作りならではのしっとり感

最近、仕事場の近所のごく普通のマンションの1階の一室が、急に大がかりな改装をしだしたんですよ。外壁まで壊しちゃって、派手な住人でも引っ越してきたのかな、なんて見ていたら、どうもお店っぽい。そこで話を聞いてみると、実はここ、僕の地元つながりの知り合いでもある方が手がけた、「R」というカフェ、シェアキッチン、コワーキングなどさまざまに利用できる新しいタイプのスペースなんだそう。

試験的に試行錯誤しながら運営中だそうで、メニューも変化しつつあるのですが、現在はホットサンドとコーヒーがメインのよう。営業は朝の9時からで、朝ごはんを食べるのにもぴったり。

ここは駅からすごく近いわけではない住宅街のなか。店内には静かにボサノヴァがかかり、窓からは木漏れ日。焼けたパンとホットコーヒーの香り。あまりにもできすぎたシチュエーションに今日も朝からテンションが上がり、思わずそのまま、軽くひと仕事しちゃいました。

憧れのノマドワーカーになれた

セットで700円

木曜日：テンションマックス！ パンケーキモーニング

この日はこれまた最近地元に新しくできた「ムームー・サンドウィッチワークス」というお店へ。サンドイッチがメインのカフェって感じなのかな？ と気になりつつ、まだ入ったことがなかったんですが、モーニングをやっているのを発見し、いい機会だと入店。

お店に入ってまずテンションが上がったのが、僕の大好きな「かせきさいだぁ」のアルバムが流れてる！ それをきっかけにお話しさせてもらうと、女性店主の加藤綾子さん、僕と同い年だそうで、かつてはライブにも頻繁に通っていたほどのかせきさんファンなのだとか。朝から大好きな音楽の話で盛り上がれるなんて、外食じゃないと味わえない嬉しさですよね。

メニューはサンドイッチが5種類に、パンケーキに、あらあら、お酒まであるじゃないですか。まいったな～、これは通っちゃうな。

サンドイッチはどれも1000円以上とちょっといいお値段なのですが、後日

「ムームー・サンドウィッチワークス」

あらためて訪れて食べてみたところ、ボリューム満点でサイドメニューもたっぷり。しかも素材はすべて手作り。そもそもこちら、フレンチ出身の加藤さんが、ハムやベーコンをはじめ、すべての素材を手作りするサンドイッチ屋があったらおもしろいんじゃないか？　という思いつきだけで始めてしまったお店なんだそう。そう考えると、むしろ安いくらいですよね。

が、今週は火曜日にもサンドイッチを食べているので、ここは「バターミルクパンケーキ」の「ベーコンエッグ添え」という、今まで自分の朝食の選択肢に一切なかったメニューに挑戦してみることに。

でっかいパンケーキが２枚に、自家製のベーコンが２枚、目玉焼きにサラダ、それにモーニングならコーヒーがついて、８８０円。これ、むしろ破格と言えるのでは……。

パンケーキが自然な甘味で、そこに絶品ベーコンと目玉焼きの塩気。さらには、はちみつ入りのバターやメープルシロップまで混ざり合い、僕のつたない舌にはとうてい解析不能なハーモニーなのですが、甘くてしょっぱくてとにかくうまい（バカの感想）！

きゃ〜、かわいい！

そして何より、店主の加藤さんの明るいキャラクターが最高。「うちは本当に自由なお店なんですよ。いずれは定食とか煮込みも出したいし、コーヒー1杯だけ飲んで帰ってもらってもぜんぜんいいし！」なんて話のなかで、聞き捨てならない発言も飛び出しました。

「もちろん朝からビール飲んでもらってもいいし〜」

そんなことを言われても、大部分の方は「またまた〜」と笑って聞き流しておしまいですよね。わかります。だってまだ、朝だもん。が、ご存知のとおり僕は「酒の変態」でもある。つまりそういう発言を「挑戦」ととらえてしまう節がある。当然、飲みますよ。

かせきさいだぁ、超豪華パンケーキ、ビール。我ながら、朝からごきげんすぎやしませんか？

金曜日：どこかに必ず新しい発見があるうどんモーニング

数えきれないほどのメニュー

飲むよね、朝ビール

週の終わりの金曜日は、大泉学園の駅前にある、いわゆる立ち食い系のそば屋「そばうどん 松本」にやってきました。ここは以前からよく利用しているものの、頼むのは「春菊天そば」一択。好物なので、メニューも見ずにそればかりを食べてきました。

だけどせっかくだから今日は、いちばんわからないやつに挑戦してみよう！と、「浪花天ぷらうどん」なる一品をチョイス。

大将に「浪花天ぷらうどんください」と、言い慣れぬメニューに若干舌をもつれさせながら注文。「は!?」とか聞き返されたらどうしようと思ってたけど、そんなことはなく、無事到着です。

ほほう。いつも頼むそばは関東らしく真っ黒いつゆだけど、この淡い色味が関西風ということなのかな？　それとも、かき揚げに入った紅ショウガが「浪花」要素なのかな？「あ、かつお節がねぇや。いいよな？　これで？」と言いながらうどんを出してくれた大将に詳しい話を聞く勇気はなかったんですが、とにかくいつものそばとはぜんぜん違った味わいで楽しし美味しい！

というわけで、1週間あえて朝ごはんを外食にしてみたら、

見た目はかき揚げうどん

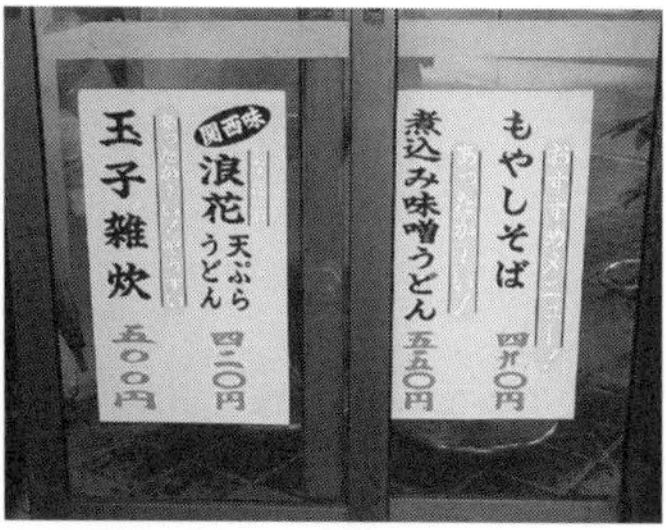

「玉子雑炊」も気になるな

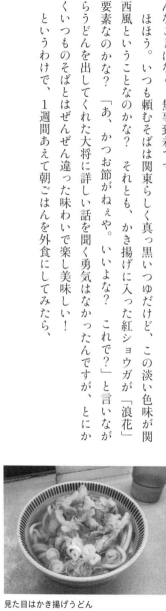

・なんとなく気持ちに余裕ができて頭が整理される
・ふだんと違った景色、味が刺激になってテンションが上がる
・ついつい食べすぎてしまいがち
・何かしらの新しい出会いや発見が必ずある
・不可抗力で朝から酒を飲んでしまうこともある

などの発見がありました。毎日とは言わずとも、これからもたまには朝外食を取り入れてみようかな〜。

大好物のごま入れ放題なのも嬉しい

焼鳥×味噌汁＝インスタントコンビニ鍋

何これ？　もう、鍋じゃん！

天気のいい日にコンビニで缶チューハイを1缶とおつまみを1品買って、公園の片隅でちょっと一杯、なんていう、日常のなかの外飲みの時間が大好きです。最近ハマっているのが、家から空の真空断熱スープジャーを持っていき、コンビニに種類豊富に並んでいるカップスープゾーンのお味噌汁やらコーンスープやら春雨スープやらああいうのを、そのカップではなくスープジャーに作り、それをズズズとやりながら飲むというもの。つまみとして重たすぎず、体も温まってなんだかいいんですよね。

これが紙製のカップのままだと、たっぷんたっぷん心もとなく、家ならまだしも、片手に持って公園へ行き、ひとけのない場所を探すということがしづらい。また、そんなことをしている間に冷めてしまうという焦りも生じる。その点、持参したスープジャーなら、その問題を華麗にクリアできるじゃないですか。

今、ふと気になって、これって違法行為とかじゃないよな？　と調べてみたんですが、最近のコンビニでは、〝サステナブル〟という視点から、ドリップコーヒーを自前のタンブラーで持ち帰ることに対応していたり、持参した容器におでんを入れてもらうことなんかもできるらしいので、まず問題はないでしょう。そもそも、何も盗んだりしてないし。

そこで、下の写真をご覧ください。

なぁに？　急に自家製スープの写真なんか載せて？　と思われる方もいらっしゃるかもしれませんが、実はここが今回の本題。

先日、いつものようにコンビニでスープを買って、スープジャーに作ろうと思った。ただそのときは割と小腹が空いていたこともあり、もうちょっとこう、具

この写真です

沢山な感じを体が求めていた。そこでふと目についたのが、ホットスナックコーナーの「焼鳥」。あれ？　もしかしてこのプレーンな「鶏もも塩」、スープの具材として違和感ないんじゃないの？　と思いつき、1本買って温めてもらい、スープの素、熱湯とともに、スープジャーに放りこんでおいたんです。

食べてみて驚きました。そのとき買ったのは「スンドゥブチゲ」スープ。ピリ辛でただでさえ美味しいその汁に鶏の旨味が加わり、ものすっごく深い味わいになっていたんですよね。しかも、そのまま食べるよりも断然ふわりと柔らかい鶏肉が具材としてたっぷり楽しめる。

「何これ？　もう、鍋じゃん！」と。

これが、厳密には鍋ではないけれどもほぼほぼ鍋で、なんなら手ぶらでコンビニに行っても作れてしまう、「インスタントコンビニ鍋」というわけなんです。

なくてもいいけど、あると嬉しいスープジャー

インスタントコンビニ鍋を作るにあたり、あると嬉しいのが、真空断熱スープ

ジャー。もちろん市販のスープのカップにそのまま作ってもいいんですが、これがあったほうが機動性や保温性、それから気分が上がるので、僕は必須アイテムとしています。

ただ、僕が今まで持っていたスープジャーは、ちょっと縦長で口が細く、どちらかというと具のない飲みものに向いていました。そこで、具沢山の鍋向きに、なるべく口が広がっているようなものを探し、新規購入。はい、気合入ってます。

買ったのは、「和平フレイズのフォルテック ハンディランチポット300㎖」という商品。条件としては、具沢山の鍋が食べやすい形状、スープ作りに適度なサイズ、あまりパーツが多くなく複雑じゃないもの、手頃な価格、といったところ。

で、もちろん店頭でパパッと作れるのがこの鍋の魅力なわけですが、今回は写真撮影もしておきたいので、ポットの前でゴソゴソ手間取っているわけにもいきません。そこで、スープとホットスナックを購入し、素早く公園へ移動して、家から持参した熱湯を使って作る方式を採用しました。

しばらくは鍋専用になってもらう

基本セット

ファミリーマートで「鶏チゲ鍋」

さてここからは、我が家から行ける範囲にある各コンビニチェーンを舞台に、思いつくままの組み合わせで作ったコンビニ鍋をご紹介していきます。

まずは冒頭でも触れた「スンドゥブチゲ」スープと「焼鳥」の組み合わせ。これをあらためて作ってみましょう。

今回、焼鳥は、鶏だけでなくネギも具材に加わって豪華そうという考えから「ねぎま」の塩味にしてみました。スープの温度を下げないためにも、温かいことが重要。必ず温めてもらいましょう。

これを串から外し、スープの素とともにジャーに入れてフタをし、軽〜くシャカシャカッと振るだけで、鶏チゲ鍋が完成！（と言いきる）

素のインスタントスープだけならあり得ない存在感のある具材がごろごろで、全体的にあっつあつ。フリーズドライでないネギの存在感もきいてます。

それでいて、焼鳥が１３０円＋税、スープが１７０円＋税とお手頃なのも嬉しいし、さらによく考えると、こういうスープって基本、カロリーも低めなんですよね。ちなみにこのスンドゥブチゲなら、なんと68ｋｃａｌ。ここに焼鳥1本を

いつでもどこでも鍋飲みが可能に

たったこれだけの材料で

加えたって大したことはないでしょう。それでいてこの満足感！

うん、やっぱりいいですよ、これ。

セブン-イレブンで「味噌つくね鍋」

次の組み合わせは、焼鳥のつくねと味噌汁。

セブン-イレブンといえば、プライベートブランド商品の絶対的なクオリティの高さに信頼感があるわけで、あえて割とシンプル目な組み合わせをチョイスしてみました。

さっそく作ってみると、まずベースの味噌汁のクオリティがすごい！ カラッカラだった7種の野菜たちが、お湯を注いだとたんに生命力を取り戻すさまは、まるで魔法。この時点ですでに「いいもの発見！」って感じ。そこにさらに、しっかりとした肉の旨味に炭火の香りがアクセントになったぷりぷりのつくねが入ってるわけで、もうね、あらためて「鍋」でしかない。染みるわ〜。

あえてシンプルな２品で

野菜感がすごい！

ローソンで「激辛から揚げワンタン鍋」

ローソンといえば「からあげクン」。味は僕好みの「ホット」にし、そこに合わせるならば激辛系だろうと、「東京タンメン トナリ」プロデュースの「激辛ワンタンスープ」をチョイス。

微妙に僕の生活圏内からは外れているローソン。なので、からあげクンってそんなに頻繁には食べないのですが、もっとチキンナゲットっぽいものだったと記憶してたけど、割としっかりから揚げなんですね。しかもボリュームもすごい。スープの容量を考え、ひとつをそのまま食べてみたところ、うん、うまいうまい。おつまみ1品得した。そしたら残りを鍋にしましょう。

旨味たっぷりの激辛スープが衣からじゅわっとあふれるからあげクン、明らかにさっきそのまま食べた時より好き。

僕、東洋水産のカップの「ワンタン」スープが好きでよく食べるんですが、あっちはふにゃふにゃの良さ。対してこっちのワンタンはびっくりするほど皮がモチモチで、インスタント食品ってこんなに進化してたんだ！　と衝撃を受けました。

インパクト大！

辛い系コーディネート

どちらも良さがあるけれど、完全に別物。これ、から揚げをさしおいて主役を張れるレベルですよ！　って、そうか、から揚げはこっちで勝手に入れただけで、元々このスープの主役はワンタンか。

ローソンストア100で「カムジャタン風鍋」

ローソンストア100では、毛色を変えてハッシュポテトを選んでみました。驚くべきはその価格で、なんと50円！　で、スープのほうは、辛王の「香味豚骨スープ」というやつを。韓国にじゃがいもと豚の骨を煮込んで作る「カムジャタン鍋」という料理があり、あれが大好きなんですよね。ちょっと強引だけど、そのイメージで。スープと合わせても２００円ちょっと。

どんな味になるかちょっと不安だったんですが、これまたいい！　濃厚なスープを吸ったジャガイモのうまさ。汁気に浸ってもなおしっかりと残る衣のサクサク感。それとシャキシャキと甘い野菜のハーモニー。

もちろん、別にカムジャタン鍋を再現できているわけではないけれど、おつまみとしてかなり戦闘力が高いです。

こんなに合うとは

とんこつ×じゃがいも＝カムジャタン（？）

ミニストップで「サムゲタン風鍋」

スンドゥブ、カムジャタンと、今回は韓国系が多くなりましたね。そして最後も韓国系でサムゲタン風。

ミニストップといえば独自路線のお惣菜が豊富なイメージ。そのなかから「ささみしそ巻き梅風味」と、ポッカサッポロの「きちんとチキン 参鶏湯風スープ」をチョイス。しそと梅の風味がどう出るかは未知数ですが、せっかくのサムゲタン風スープなので、鶏肉をたっぷり足してやろうという魂胆です。

あんまり意識せずに買ったんですが、このスープ、「きちんと」と言うだけあって、フリーズドライの鶏肉がかなりがっつり入ってますね。そこにボリューミーな鶏肉をたっぷりと加えた結果、具沢山すぎる鍋に。

が、これまた最高！　とろりと鶏の旨味濃厚なスープと、爽やかな梅しそ風味のササミ肉がものすごくマッチしてますね。で、からあげクンのときもそうだったけど、衣がまたいいんだ。スープを吸ってとろとろになって。

と、あまりにも簡単なうえ、基本的にどんな組み合わせを試しても失敗がなく、

2種の鶏肉がふんだんに

サムゲタン風スープを具沢山にしたかった

美味しくて楽しいインスタントコンビニ鍋。

醍醐味はやはり寒い季節に食べることだと思うので、この冬もうしばらくの間、僕のなかの定番として楽しんでいきたいと思います。

こう見えても鍋で飲んでます

〝溶け映え〟食材を探せ！ 混浴温泉湯豆腐大作戦

豆腐以上に溶ける食材はないか

佐賀県の名湯「嬉野温泉」の名物料理に「温泉湯豆腐」というものがあります。湯豆腐を作る際に普通の水ではなく「温泉水」を使用することによって豆腐が溶け、ふわふわとまろやかで、まるで淡雪のような食感の湯豆腐になるのだそう。

その秘密はもちろん、弱アルカリ性の「重曹泉」という、嬉野温泉の泉質。火にかけて温めることでアルカリ性になった重曹にはタンパク質を溶かす性質があり、豆腐はたんぱく質の結合体なので、その結合がほどけてしまうということらしいんですね。

実はこの現象、自宅でも気軽に再現できます。その方法は、いつもの湯豆腐鍋に「重曹」を少し足すだけ。たったそれだけで豆腐がとろっとろに溶けだし、それはもうまろやかで、夢のような美味しさに早変わり。そんななんちゃって温泉湯豆腐を晩酌のときに作って、よく食べています。

そこで僕は思ったわけです。重曹のアルカリ性がたんぱく質の結合をほどくならば、たんぱく質含有量の多い他の食材を入れたらどうなるんだろう？　豆腐以上に「溶け」ることで「映え」る〝溶け映え〟食材はないだろうか!?　と。

調べてみたところ、たんぱく質が多く含まれる食品は主に、豆腐に代表される「大豆製品」の他、脂身の少ない「肉類」、「卵類」、「魚介類」、「乳製品」などのようです。

これらのうち、たとえば真っ先に「チーズ」が思い浮かぶ乳製品は、熱を加えると勝手に溶けてしまうイメージだから除外。魚介類は「結合」に重きを置いて「練りもの」を中心に。などとなんとなくの方針を決め、溶け映えしそうかも？と思える食材を買い集めてきました。

スーパーの人からしたら不気味な買い物

簡単なのに絶品！

混浴開始

というわけで、今日はそれらをもう、一緒くたにひとつの鍋で煮ていってしまおうと思います。

試す具材は、こちらの16種類。

・木綿豆腐
・絹ごし豆腐
・高野豆腐
・厚揚げ
・がんもどき
・あぶらあげ
・鶏肉
・豚肉

すべてをひとつの鍋にたくして

・牛肉
・ゆでたまご
・練り天
・魚河岸あげ
・ちくわ
・かまぼこ
・カニカマ
・魚肉ソーセージ

それでは煮ていきましょう。まずは水を加え、沸騰するまで強火にかけます。作りかたとしては、ここに重曹を加えるだけ。温泉湯豆腐を作る際の重曹の量は、水1ℓに対して小さじ2。すぐにぶくぶく〜とすごい泡がたちはじめるので、吹きこぼれないように火加減を調整して、10分ほど煮てみました。すると、煮汁が完全に白濁し、まるで豆乳鍋のように。無論、豆腐などが溶けた影響でしょう。

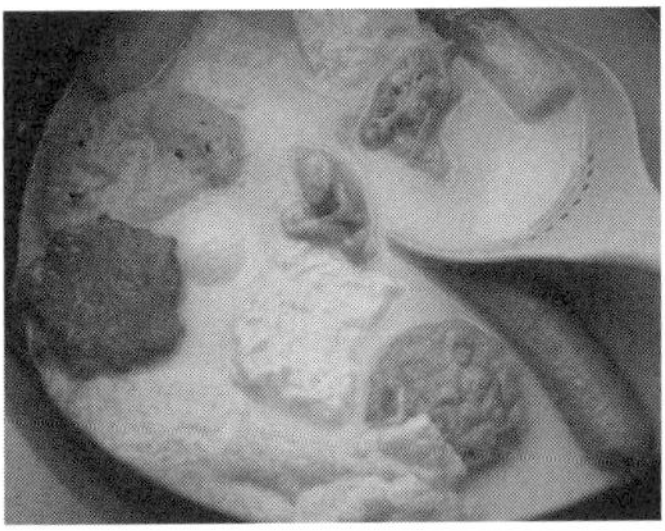
食べ比べていきます！

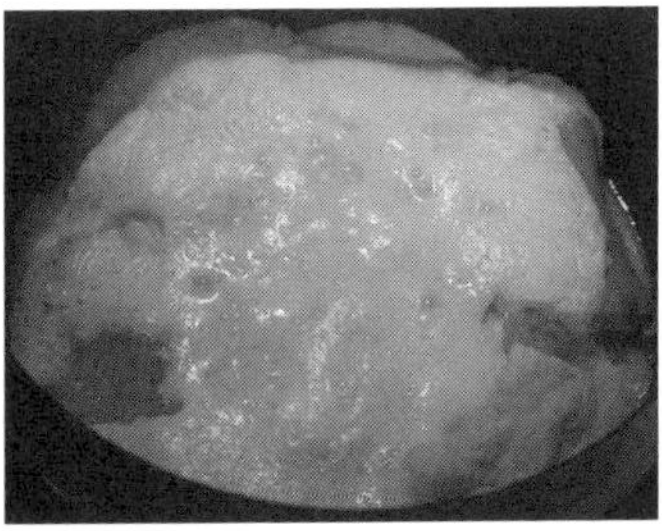
とても鍋ものには見えない

「木綿豆腐」

ここからは全16の食材をひたすらレビューしていきます。超個人的な「溶け映え度」も添えて。

まずは木綿豆腐から。写真を見てもわかるように、完全に角がとれ、そしてひと回り小さくなって、明らかにとろとろな質感に変化してますよね。こ〜れ〜が！　もう！　最っっっ高なんですよ！

ちなみに、完成した鍋には絹と木綿の2種類の豆腐が入っているはずなんですが、どっちも溶けていて見分けがつかない。そこで、とりあえずこちらを試食してみたところ、文句のないとろとろ具合で、食感に木綿っぽいざらっとした感じも一切ない。そこで「こっちが絹で間違いないだろう」と判断し、手元のメモにも「絹：★★★★★」の評価を書きこみました。

ところが次に出てくる豆腐を食べてみてびっくり。食感がこの倍はとろっとろなんですよ！　ということはこれ、木綿か？　木綿豆腐がこんなにきめ細やかな食感になっちゃうの？　恐るべし温泉湯豆腐。

そこでいったん評価を改定しまして、木綿豆腐の結果はこちら。

ポン酢でいただきます

溶け映え度：★★★★☆

「絹ごし豆腐」

そんな噂の絹ごし豆腐。体感としてはもはや液体。

普通に食べるよりも大豆の味を濃く、甘く感じるのも温泉湯豆腐の特徴で、ただのスーパーの豆腐がこんなごちそうになってしまうなんて、重曹の力ってすごいな〜。

というわけで今度こそ文句なしの！

溶け映え度：★★★★★

「高野豆腐」

引き上げた瞬間思いましたよね。「えっと……誰？」って。

消去法でいくとこいつ、高野豆腐ですかね。お湯に入れた瞬間は真っ先に浮き上がって大はしゃぎしてたのに、どうしたの？　眠いの？　っていう、3歳児的なテンションの上下っぷり。

「絹ごし豆腐」

「高野豆腐」

味のほうは、普通の豆腐ほどトロトロでもなく、シュワッとした感じ。こんなに溶けても結束力はまだ残っている感じ。高野豆腐らしい風味もしっかりあって美味しくはあるんですが、さすがに溶けすぎで逆に温泉湯豆腐の具には向かないかなぁ。

溶け映え度：★★☆☆☆

「厚揚げ」

引き上げた瞬間ふたたび思いましたよね。「えっと……君も誰？」って。

なんとも消去法の多い今回の検証ですが、きっとこいつは、厚揚げでしょう。

他に思い当たる節がないもん。

見てのとおり重曹に身ぐるみをはがされてしまい、なんとも哀れな姿となり果てた厚揚げ。きっちりと、それこそ絹豆腐と遜色ないほどうまいんだけど、それはそれとして、持ち味の皮が鍋のなかに霧散してしまうのでは、温泉湯豆腐の具にするのはかわいそうな気がします。

溶け映え度：★☆☆☆☆

「厚揚げ」

「がんもどき」

う〜む、美味しいは美味しいんだけど、豆腐と厚揚げの中間の中途半端さというか……。カリッと香ばしく焼いたときの頼もしさを知っているだけに、なんだか失恋して急に10kg痩せてしまった友人を見ているようで……。

溶け映え度：★☆☆☆

「あぶらあげ」

ここに来ての「なぜ!?」案件発生。あぶらあげって、それこそ厚揚げやがんもの「皮だけ」みたいな食材のイメージだったんですが、しっかりと存在感をキープしてるんです！

さらに驚くべきはその食感で、今まで味わったことがないほど、究極になめらか！　とろっとふわっと、そしてじゅわっと、これはまさに「飲めるあぶらあげ」！

あぶらあげが飲めることがいいのかどうかは別として、ポン酢と絡ませたら官

「あぶらあげ」

「がんもどき」

能的な美味しさでした。

溶け映え度：★★★★★

「鶏肉」

今回は脂の少ないむね肉を使ってみました。

これまでとは違い、素の素材である肉類こそ未知のゾーン。結果、ほぼ効果を感じません。というか、重曹を使って肉を柔らかくする他の方法とかはなんかありそうだし、料理が上手な人や化学に強い人からしたら「お前、何やってんの？」ってな感じなのかもしれませんが。

豆腐の溶けたつゆの優しい味わいとマッチしているという意味で、かろうじてこんな評価かな。

溶け映え度：★★☆☆☆

「豚肉」

赤身肉の切り落としを使ったんですが、鍋のなかでなるべく散らないようにと

「鶏肉」

ほぐさないで入れたのが裏目に出て、ぎゅっと固まったまま煮あがってしまいました。

これまたぜんぜん効果を感じないかな。そして、僕の大好きな、あんなにもポテンシャルを秘めた豚肉に対して、ちょっともったいない食べかたかもしれません。もうしません。

ただ、豆乳鍋感覚で、普通に薄切りの豚バラ肉などを加えるのはありかと。

溶け映え度：★☆☆☆☆

「牛肉」

豚肉に同じくかな～……。

そもそもこういう厚みのある牛肉をただゆでて食べた経験がないし、いくらポン酢をまとわせようとも、噛んでいるうちにどうしても無味乾燥なビーフジャーキーを食べているような気分になってきます。

鍋に入れなかった残りは普通に焼いて食べましたが、そのなんと美味しかったことか。

「豚肉」

「牛肉」

溶け映え度：★☆☆☆☆

「ゆでたまご」

熱を加えることによって白身が固まる、つまりそれって、タンパク質が結合してるってことでしょ？　と期待値の高かったゆでたまご。そう単純なもんでもなかったようで、な～んも変わりませんでした。

溶け映え度：★☆☆☆☆

「練り天」

スーパーの練りものコーナーから、「玉ねぎ坊主」という玉ねぎ入りの練り天を選んでみました。

あ、やっと肉～卵ゾーンでごぶさたしていた「溶け映え」感が戻ってきた感じ。周囲が若干とろとろしてるかも。ただ同時に、練りものって魚や野菜由来の強い旨味が特徴だと思うのですが、それも一緒に溶け出しちゃって、ちょっと味がぼんやりしてるかも。

「ゆでたまご」

溶け映え度：★★☆☆☆

「魚河岸あげ」

僕の大好物、紀文の「魚河岸あげ」。これはいい！

そもそもが白身魚のすり身と豆乳を合わせたものだから、温泉湯豆腐に向いていないはずがない。そしてご覧のとおり、周りの皮がたゆんと溶けかかりながらもまだまだ原型を保っている。中身は若干、元のしっかりとした食感を残している。その結果、外カリ中フワなたこ焼きの逆的な、おもしろい美味しさが生み出されています。

溶け映え度：★★★★☆

「ちくわ」

やってみないとわからないもんですね。いろいろと。

この、温泉で湯当たりしたようにも見えるちくわ。食感もそんな感じで、ふにゃふにゃなんだけど中心部のプリプリ感も残っている結果、どこかチグハグな味

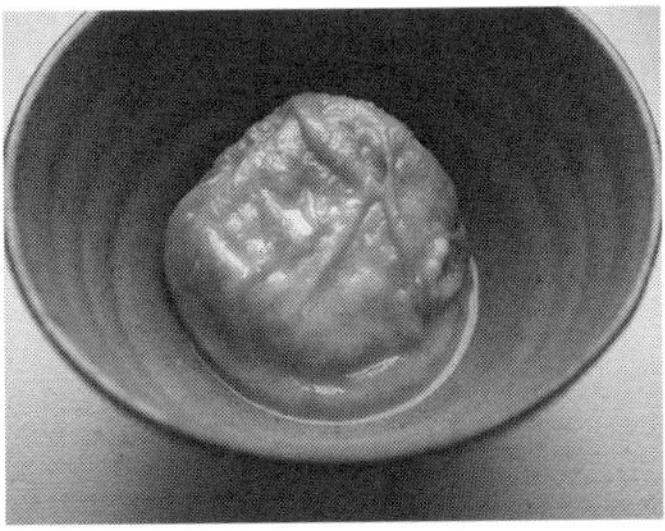

「魚河岸あげ」

「練り天」

わいに。ただし、また別のちくわなら印象が変わる可能性もあり。
溶け映え度：★★☆☆☆

「かまぼこ」

ほんの少しだけやる気がなくなってしまったような、そもそもとからこんなやつだったような。
溶け映え度：★☆☆☆☆

「カニカマ」

カニを模した繊維の絡まりがほぐれ、鍋のなかで散り散りになってしまい、かき集めるのに苦労しました。つまり、温泉湯豆腐の具には向きませんでした。が、もとの食感よりもだいぶふわりとろりとした口当たりになり、カニ風味もしっかりとある仕上がりはなかなかの美味しさ。
これ、今回の手法を使った別料理にしたらもっと映えるかも。
溶け映え度：★★★☆☆

「かまぼこ」

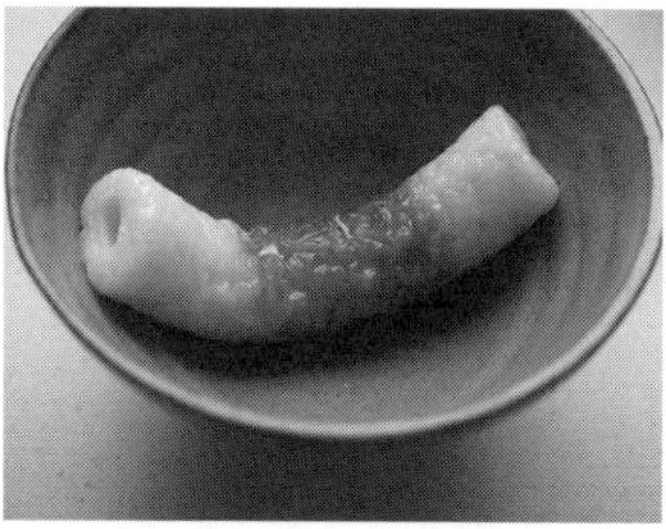
「ちくわ」

「魚肉ソーセージ」

ちょっと見たことない感じになりましたね……ギョニソ。

ただ、おそるおそる食べてみると、これが意外にも悪くない。いや、むしろいい！　練り天同様ちょっと味が抜けてしまってる感じもあるんですが、だからこそポン酢と合う。全体的にぷるんぷるんなんだけど、食感もちゃんと残っていて、どこか練りものっぽくもある。

たとえばこいつに「ピンク天」なんて別の名前がついてて、どこかの地方でだけメジャーなおでんダネだったりして、夜な夜な街の屋台で「オヤジ、ピンクと酒」「アイヨ」なんてやりとりがくり広げられていたとする。それを一度、旅情とともに味わってしまったら、もうピンク天なしのおでんではがまんできない体になってしまうような気がする。

重曹でとろけさせた魚肉ソーセージ、可能性を感じました。

溶け映え度：★★★★☆

「魚肉ソーセージ」

「カニカマ」

おまけのアレンジレシピ

検証はここでおしまい。

最後に、おもしろい仕上がりになった「カニカマ」を使ったおまけのレシピを思いついたので、試しにちょっと作ってみようと思います。

作りかたは簡単で、崩した絹ごし豆腐とカニカマ適量を鍋で煮て、重曹で溶かしたら、そこに炊いたお米を加えて、好きに味つけするだけ（今回は白だしを足しただけ）。なんですが、それで「温泉ふわとろ雑炊」的なものができないかな〜？　と。

これは、やりましたよ。うまい！　とろとろ感、大豆の旨味、カニカマの風味が優しい味でまとめられた、上品なんだけど満足度の高い雑炊になりました。

というか、雑炊というよりもちょっとリゾットっぽいなと思い、途中でオリーブオイル&黒コショウを足してみたところ、さらに満足度がアップ！　チーズを使わないヘルシーリゾット的な？

ただし、温泉湯豆腐には「重曹を入れすぎると苦味が出てしまう」という注意

試作版「温泉ふわとろ雑炊」

点があります。この雑炊にも若干のそれを感じなくはなかったので、重曹は規定量より少なめでもいいかもしれません。

以前からたびたび家で温泉湯豆腐を食べながら、「他の食材を入れたらどうなるんだろうな〜？」と思っていたのですが、今回の「混浴温泉湯豆腐大作戦」により一気に検証できて、個人的にもだいぶ気持ちがすっきりしました。

結果としては、

・絹ごし豆腐最強！
・あぶらあげ大健闘！
・大穴は魚肉ソーセージ！

といった感じでした〜。

ほうほう、なるほど

家でも外でも「ポップアップテント」にとことんこもる

ポップアップテントが好きすぎて

また買ってしまった。もちろん、ポップアップテントの話。

ポップアップテントとは、バネのような弾力のあるポールがあらかじめ組み込まれていて、収納袋から取り出すとややこしい組み立て作業は一切不要で設営が完了するテントのこと。その簡易性から、本格的なキャンプには向かないが、大きな公園へ行くと家族連れなどがあちこちに置いてピクニックをしている、ああいうやつだ。コロナ禍の昨今は、ベランダに置いて子供の遊び場にするのも流行っているらしい。

僕が今回買ったのは、「サングッドシングルテント」という商品。「また買ってしまった」と言ったからにはそれ以外にも持っていて、実はこれで3つ目になる。あきらかに家にありすぎだ。が、これには理由があるので大目に見てほしい（主に家族に）。

数年前、最初に買ったのが下写真左の大きなテント。実はかねてから「家のなかもしくはベランダにテントを広げてキャンプごっこがしたい」という夢を抱き続けていた。そんなときにポップアップテントの存在を知り、これならばガチャガチャと骨組みをあーだこーだする本格テントと違い、家で気軽に使えるんじゃないか？　と思って買った。

ところが、自分のいつもの無計画さから、微妙に大きすぎて部屋にもベランダにも置けないのだった。まぁ、家族や友達とピクニックをするときに使えばいいさと自分を納得させ、実際、かなり低めの頻度ではあるがそのように使っている。

いちばん右の小さいやつは、昨年（2020年）の緊急事態宣言下、娘がしばらく保育園へ行けていなかった時期、遊び場として買ってやったもの。今度はき

中央が今回買ったもの

ちんとサイズを測ったので、無事ベランダに置くことができた。ただ、娘はこれを1、2度使っただけで飽きてしまい、以降はたまに僕が「ならピンク色じゃないのがよかったな……」なんて思いながら、ひとりで使っている。

普通に考えて、一般家庭におけるポップアップテント需要としては、このふたつがあればじゅうぶんだ。ところが僕はいろんな環境で酒を飲むことに異常なまでの執着を持つ男。ピンクのやつだと若干小さい。狭い自室にギリギリ広げられるくらいの、ちょうどいい大きさのテントが欲しいという思いが、日に日に強まっていった。

そんな折、通販サイトで見つけたのが今回の「サングッド シングルテント」。細長い立方体のテントで、これなら部屋に置けそうだと測ってみるとやはりいける。もはや、欲しいという欲望に気持ちが負けるのは時間の問題だった。

後日届き、さっそく部屋で広げてみることにする。「落ち着くから」という理由で、自宅マンションでいちばん狭い部屋を自室に使っている。なので、そもそもかなり手狭感があり、採寸はしてあるにもかかわらず、本当に広げられるのか……？　と不安になる。まぁやってみよう。

自宅の僕の部屋です

バサッと広げてみると、想像をはるかに超えた圧迫感ではあるものの、ジャストサイズで部屋に配置することができた。思っていたよりひと回り、いや、3回りはでかいなこれ。電気屋で選んだTVが家に届いてみるとやたらと大きく感じられるが、あれの究極体験だ。

漫画喫茶気分で「おこもり酒」

自室に置いたテントのなかはどうなっているかというと、これがかなりの広さ。持ちこんだ座椅子に座ってみると余裕で足が伸ばせるし、寝っ転がることもできる。これ、実はすごいことなんじゃないだろうか？

先ほども言ったが僕は、いろんな環境で酒を飲むことに異常なまでの執着を持つ男。この新鮮な空間が楽しくてたまらない。実際に床面積が増えたわけではないものの、これはもう、自宅マンションに突然、部屋がひとつ増えたのと同じことだ。あぁ、買ってよかった！

さて、ここでどうやって酒を飲もう？　この空間は何かに似ていると考えたら

座椅子を置いても余裕がある

うわっ、でか！

思い至った。漫画喫茶だ。そうだ、漫画喫茶気分で怠惰にこもろう。と、準備を始める。今日は、いったん飲みはじめたら、トイレ以外は徹底的にここから出ない心づもりだ。飲みものは缶チューハイ、ウイスキー、チェイサーの水を用意。チェイサーは、真空断熱式のポットに氷と水を入れたもの。数時間はキンキンの温度が保たれるだろうから、最初の缶チューハイ以降はウイスキーをストレートでちびちびとやろうというわけだ。

つまみは、僕は家であれこれ手作りするのも好きだけど、今日の気分はだんぜんこっちだろうと、セブン‐イレブンで調達してきた。ラインナップは「お肉たっぷり豚肉ときくらげの中華炒め」「あらびきソーセージドッグ」「枝豆チップス」。中華炒めはいわゆる「木須肉《ムースーロー》」というやつで、セブンのこれがすごくうまい。中華料理にソーセージパンを合わせる粗雑さも、このシチュエーションだと楽しさを増幅させてくれる。

酒のおともは、漫画『酒のほそ道』の10巻台だ。

漫画を読み疲れたら、持ちこんだPCで映画や動画を見るのもいい。照明がわりのランタンを消せばそこはもう、パーソナルミニシアターだ。

今日ばかりはカロリーなど気にせずに

最高に楽しい

その後、いい感じに酔っぱらってそのまま昼寝に突入したら、ものすご〜くぐっすりと眠れた。

テントがあれば近所の公園でもキャンプ気分が味わえる

続いて、ポップアップテントを持って外に飛び出してみよう！

とはいえ、一度設置したらテントからは出ずにひたすらこもる予定だけど。やってきたのは、近所の公園のなかでもこのようなテントを使ってピクニックをしている人の多いエリア。僕のような男ひとりでも、コソコソと設置だけ終えてテント内にこもってしまえば目立つことはない。そこに、いちばん大きな「シャイニーリゾートポップアップシェルターUV」を持参した。

ところで、都市部にある公園では、基本、火器の使用は禁止と思っていい。いくら外から見えないからといって、このなかでガスコンロなんか使うのはもってのほかだ。危ないし。

それでもなんとか、できる範囲でキャンプっぽい、バーベキューっぽい感覚は

テントのなかは広々空間

公園で使うならだんぜんこいつ

味わいたい。そこで今日は、以前WEBサイト『デイリーポータルZ』で林雄司さんがやっていた「お湯べキュー」に挑戦してみたいと思う。お湯べキューとはその名のとおり、お湯を使って屋外でなんとか温かいものを食べようというささやかな試み。とにかく熱湯がいるわけで、真空断熱水筒などに熱湯をたっぷりと用意してきた。ポップアップテントもそうだけど、僕はどれだけ真空断熱ものが好きなんだろうか。

「和平フレイズ 卓上ポット フォルテック・ハウス」「バキュームフラスク ステム」「和平フレイズ フォルテック ハンディランチポット」。それぞれ容量が、1400㎖、500㎖、300㎖。つまり、合計2・2ℓのお湯を持ち歩くことができる装備だ。加えて、サーモスの500㎖と350㎖用の保冷缶ホルダーも持参。中身は缶チューハイとビール。

さてさて、それではひとりおこもりお湯べキューとしゃれこもう。

まずは湯豆腐。実はこれだけ、300㎖のランチポットに作って入れてきた。なので厳密には現地調理ではない、つまりお湯べキューではないけれど、どうか大目に見てほしい（誰に？）。ともあれ、キャンプ気分とか言っておきながらい

すべて真空断熱グッズ

きなり湯豆腐で始める違和感が、なんだかおもしろくていい。

これと、最近噂の生ジョッキ缶ビールでスタート。「おっとっと、ほんとに泡が出るや」なんてひとり言を言いながら湯豆腐をつつく。漫画喫茶ごっこに続いて、これまた楽しいな〜！

続いての調理は、湯せん。チルドハンバーグを熱湯に浸し、10分ほど待ってみることに。はたしてどのくらい温まってくれるだろうか。

それを待つ間は、「じゃがりこ」でマッシュポテトを作る。その存在は知っていたものの、作ったのは生まれて初めて。今まで「わざわざまねしてみたいほどのものでもないかな」なんて思ってしまってたんだけど、これ、酒のつまみ向きのものすごく美味しいマッシュポテトだ。量もたっぷり。それでいて100円ちょっと+お湯だけでできてしまうなんて、今後は頻繁に作ってしまうだろうな。

そうこうしているとハンバーグの湯せんを始めて10分が経過。食べてみると、うおー！　しっかりすぎるほどあったまってる！　もちろん焼きたて熱々とまではいかないけど、きちんとなかまで温かく、ものすごく美味しい。ビールに続けて開けた缶チューハイがゴクゴクすすむ。

「アサヒスーパードライ 生ジョッキ缶」

ちゃんとしたマッシュポテトになるんだな

だいぶ堪能したので、そろそろシメにしよう。キャンプメシのシメの代表格といえば、麺類。今回は、マグカップなどでも作れるミニラーメン2個に、フリーズドライの野菜の味噌汁。ここにお湯を注ぎ、持ってきた温玉を落とせば、「野菜たっぷりほんのり味噌ラーメン」の完成だ。

これまた最高で、心の底から楽しいとともに、あらためてお湯のすごさを実感するひとときとなった。あとは焼酎のお湯割りでも飲んで、昼寝しますかね……。

この日は4月にしては気温が低めだったが、テントのなかは外よりもポカポカ。ときおり両サイドのメッシュ窓を通り抜ける風が心地いい。

ただでさえコロナのせいで家にこもり気味で、気分が鬱々としがちな昨今。そんななかにあって、逆転の発想で「あえてさらにこもる」ことによって見つけられる楽しさもある。この時代に僕ら酒飲みができることは、まだまだありそうだ。

おやすみなさい

美味しい美味しい

超フレッシュな縁起酒「立春朝搾り」を朝日とともに

「立春朝搾り」とは

地元石神井公園の商店街に「伊勢屋鈴木商店」という酒屋があります。店先にテーブルとベンチが置いてあって、そこで買ったものを飲み食いできる、いわゆる「角打ち」ができるうえ、女将さんがお酒のことにとても詳しく、いろいろとおもしろいお酒が飲めたりするので、よく顔を出しています。

そんな伊勢屋で「立春朝搾り」の予約が始まりだすと、そろそろ春も近いな、なんて感じます。

春はもうすぐ

立春朝搾りとは何か？　僕もその存在を知った数年前は「そういう銘柄のお酒があるんだな」なんてぼんやりと考えていたのですが、そういうことではありません。詳しくは「日本名門酒会」のホームページでていねいに説明されているのでご覧ください。ここで簡単に説明すると、

・立春（今年は〈2021年〉2月3日）の前夜から一晩中もろみを搾り続け、立春の日の早朝に搾りあがる生原酒のこと
・そのお酒を日本名門酒会が「立春朝搾り」と名づけ、現在全国44の酒蔵が参加し、それぞれに作っている
・通常のように全国に出荷されるわけではなく、その日のうちに近郊の酒屋が直接蔵へ行って運び出し、それを各店で販売する
・つまり、朝に搾られたお酒が、早ければその日のうちに飲めてしまうという、正真正銘フレッシュなお酒
・蔵元での出荷作業の合間には、近隣の神社の神主さんによるお祓いが行われる決まりがあり、そういう意味でも縁起の良いお酒

参考資料

とまぁ、ざっとこんなところ。一年に一度だけ飲める、貴重で縁起の良いお酒ということですね。

昨年までは、お酒を受け取りに行く酒屋さんの関係者が早朝から蔵に集まり、出荷作業を手伝ったり、みんなでふるまいの朝ごはんを食べたりというのが通例だったのだそうですが、今年はコロナの関係でそういうことができません。蔵元ですべての作業が終わったあと、各酒店が受け取りに行くのみ。女将さんもそのことをとても寂しいと言っていたのですが、「ただ、テレビの取材は入るみたいですよ」とも言っていました。

「ならばじゃまにならないよう、僕も取材ができないですかね～？」

「それは蔵元さんも日本名門酒会さんも喜ばれると思いますよ！」

伊勢屋さんが毎年立春朝搾りを仕入れている「天覧山」の蔵元「五十嵐酒造」さんには以前もおじゃましたことがあり、社長とも面識があります。ダメ元で連絡をしてみると「ぜひ！」とのこと。しかもなんと、「そういうことなら、サンプル用のお酒も用意しますすよ」というありがたすぎるお言葉も。

やった！　ということは、貴重な立春朝搾り出荷の朝の様子を取材できるうえ、もしかして一般人としてはかなり早く、お酒の味見ができる!?　酒好きとしてはこのうえなく光栄ですよ、そんなの！

というわけで立春の朝、僕は始発電車に乗って、埼玉県飯能市にある五十嵐酒造へと向かいました。

立春の朝、「天覧山」蔵元へ

6時ちょうどに飯能駅へ到着すると、まだ空は真っ暗。蔵元へは駅から歩いて20分ほど。キーンと寒い明け方の道をずんずん歩きます。

蔵元へ到着し、裏手の工場へ回ってみると、ちょうどお祓いのタイミング。関係者のみなさん、そして聞いていたTV取材のじゃまにならないよう、遠巻きに見学させてもらいました。

そして工場では、瓶詰め作業の真っ最中。搾りたてのお酒がどんどん箱詰めされては出荷の準備が進められ、とにかく大忙しの朝です。それもそのはずで、こ

おごそかな空気

徐々に白みはじめてきた空が美しい

の日に出荷される天覧山の立春朝搾りは、4合瓶で5500本。つまり、720mℓ×5500＝3960ℓ！　う〜ん、もはや想像がつきません。

そんな作業を夜どおし行うのだから、蔵元にとっては一大イベント。おのずと、全国的にも一年でいちばんお酒が売れるのが、この立春の日なんだとか。

ちなみにこちらの蔵、真横に入間川が流れていて、裏手から河川敷へ降りていくことができるという素晴らしいシチュエーションにあるのがまた素敵なんですよね。

貴重な現場を実際に見学

さらにさらに！　社長さんのご好意で、実際にお酒が搾られているところも見学させてもらえることになりました。お忙しいところ恐縮すぎますが、お言葉に甘えて神聖な酒蔵のなかへ一歩足を踏み入れた途端、うっとりするような日本酒の香りが。

壊れたらもう修理できる人がいないという、貴重な「佐瀬式」と、それよりも

こうやって造られてたんだなぁ

夜明け前の入間川

新しい「薮田式」。ふたつの搾り機からは、もうほとんど搾り終わってしまったらしいものの、それでもポタポタと日本酒が染み出しています。

佐瀬式は昔ながらの方法で上から圧をかける「槽《ふね》搾り」という方式で、若干にごったお酒になる。薮田式は両側から圧力を加えて搾る自動圧搾ろ過機で、より透明なお酒になる。それらをタンクで合わせることで、天覧山独特の薄にごりのお酒になるのだそうです。純米吟醸の無濾過生原酒のため香りが強いのも、天覧山の立春朝搾りの特徴。

いよいよ飲みます

さて、こんな日に僕のような者があんまり酒蔵をちょろちょろしているわけにはいきませんし、無事サンプルのお酒もいただけました。そろそろ失礼することにして、いったんさっきの河川敷へ降りてみると、いよいよ日の出のタイミング。というわけで、いただいちゃいましょうか！　真後ろの蔵で搾られたばかりの立春朝搾りを、日の出とともに！

貴重な佐瀬式

ただただ、ありがたや

目の前に川、背後に酒蔵、真横から朝日。そんなシチュエーションで、搾りたてを開封！　薄にごりのお酒が朝日に照らされてなんとも神々しいですね。それではいざ……感謝とともに……ごくり……あ〜……これは………すごいな。

もちろん、できすぎたシチュエーションによるブースト効果もあるでしょう。が、それを抜きにしても、本気の本気でうますぎる。

香り高く旨味たっぷりなのに、しつこさはなくてスッキリともしている。ただ、そんな陳腐な言葉では表現しきれない圧倒的なすごみがあって、たとえるなら ば「天上界にしか存在しないフルーツの果汁」とでもいうような……。いやいやそれも陳腐だ。う〜ん、難しい。とにかく、お酒って本当に神秘的な液体ですね。とにもかくにも、大切に大切に味わいました。

天覧山で朝食を

本当に、酒飲みとして貴重な経験をさせてもらいました。そして気づけばすっかり日が昇っている。そろそろ朝ごはんにしましょうかね。はい。お祭しのとお

いただきます……

酒飲みとして光栄すぎるシチュエーション

り、ここからはいつもの蛇足です。せっかく飯能に来たんだし、手元にはまだ天覧山の立春朝搾りが残っている。なら、天覧山に登るか！

今回取り上げたお酒の名前にもなっている天覧山とはそもそも、飯能を象徴する山の名前。とはいえ、山頂まで15分ほどで登れてしまう気軽な山で、そのルートは散歩の延長といった程度。それでもぜんぜん山登り気分は味わえるというお得な山なんですよね。

鼻歌を歌いながら到着した山頂展望台。標高は低いながら眺めはかなりのもの。飯能の町が一望できるし、天気が良かったので富士山もくっきり。いや〜気持ちいいいな。

ここで、せっかくなので最高の朝ごはんを食べたいと、家からあれこれ準備してきていたのでした。といっても、僕の大好きなアルミ鍋うどんをバーナーでグツグツと煮込み、生卵をポトリと落とすだけなんですが、これこそが個人的、冬季最高の朝ごはん。もしも地球温暖化のその先に再びの氷河期がやってきたとして、僕、この「玉子入りアルミ鍋天ぷらうどん」さえあれば、なんとか長く寒い時代をがまんできるとすら思います。

山頂メシをしに

天覧山へ

その日の午後、伊勢屋さんへ行ってみると、もちろん届いておりました、天覧山の立春朝搾り。

日本酒の世界には「青冴《あおざ》え」という言葉があるそうです。お酒がほんのりと青みがかった淡い黄色をしていることを表現する言葉で、これは新酒における最上の色なんだとか。伊勢屋の女将さん曰く、今年の天覧山の立春朝搾りには、この青冴えが出てますね、とのこと。見ると、確かに美しい青色に輝いて見えます。

立春朝搾りは貴重なお酒のため予約販売が中心のお店が多いですが、年に一度の縁起酒。もし興味を持たれたらぜひ酒屋さんで探し、新鮮なうちに飲んでみてくださいね。

来年こそは僕も、出荷作業の手伝いができるといいな～！

残しておいた立春朝搾りとともに

朝食タイムに

おわりに

この文章を書いている令和3年6月2日現在、僕の住む東京都は、新型コロナウイルスの影響による3度目の緊急事態宣言の真っ最中です。今回の内容がこれまでと違うのは、飲食店に対する「酒類の提供自粛要請」が含まれていること。つまり、「酒場へ行っても酒が飲めない」という、酒飲みとしては悲しすぎる状況がしばらく続いており、それがいつ終わるかだってはっきりとはわかりません。それにつれ「酒＝悪」という風潮も日に日に加速し、もはや、かつてここまで酒が悪者にされた時代があっただろうかという世の中になってしまいました。

それでも、お酒という文化や、ゆるやかに心身がほぐれていく心地よさや、家族や友達とくだらない話で盛りあがるひとときの楽しさ。そういったものを愛する人々の心のなかにある希望。いわば「酒の光」とでもいうようなものは、絶対に消えないし、守っていかなければいけないと、僕は思います。

ところでこの本を見れば一目瞭然。僕は、たとえ思いついてもバカらしくて実際には誰もやらないようなことをあえてやってみるという行為が、妙に好きなんですよね。よく考えたらコロナなんて関係なく、何年もずっと、そんなことばかりやってきていたのでした。

僕の初めてのエッセイ集『酒場っ子』を作ってくれたスタンド・ブックスの森山裕之さんが、「パリッコさんの書いたそういう文章をまとめた本が、今の時代に必要だと思います」と、再び声をかけてくださいました。僕としては、あまりにもバカバカしい内容になりそうで、「ほんとですかぁ?」って感じだったんですが、実際にこうしてまとまってみると、なるほど、これはこれで、不思議な説得力のある本になった気がします。

こんな時代にでも、日常を楽しむ方法はまだまだいくらでもある。明日を生きるための小さな幸せは、きっと無限に見つけられる。今、この文章を書きながら、あらためてそんなことを確信しています。

……ただ さ、それはそうと、そろそろあのころみたいにまた、な~んにも考えずにヘラヘラしながら、酒場で飲みたいな~!

初出

ノスタルジーはスーパーマーケットの2階にある　『QJWeb クイック・ジャパン ウェブ』２０２０年3月20日
シウマイ弁当の「筍煮」をお腹いっぱい食べたい！　『デイリーポータルZ』２０１７年4月10日
スーパーのオリジナルトートバッグのかわいさ　『デイリーポータルZ』２０１７年9月6日
ふだんと違うスーパーで、ふだんと違う魚を買ってみる　『QJWeb クイック・ジャパン ウェブ』２０２年5月15日
大人の自由研究「焼酎採集」『デイリーポータルZ』２０１９年8月21日
「寿司チャーハン」と「チャーハン寿司」『デイリーポータルZ』２０１９年11月11日
下赤塚フレッシュ・トライアングルの謎　『QJWeb クイック・ジャパン ウェブ』２０２０年6月19日
さよなら離乳食カレー　『デイリーポータルZ』２０１９年12月2日
ホットサンドメーカーで1週間昼食焼き固め生活　『デイリーポータルZ』２０２０年1月6日
業務スーパーの力で家焼鳥を店の味に近づけたい　『QJWeb クイック・ジャパン ウェブ』２０２０年4月17日
〝あの〟フライドチキン味ふりかけでコンビニチキンに魔法はかかる？　『デイリーポータルZ』２０２０年2月3日
フリースローサラダ　『デイリーポータルZ』２０２０年3月5日
失われゆくアーケード商店街と突然のバーベキュー　『QJWeb クイック・ジャパン ウェブ』２００年7月26日
わざわざやってみる　『デイリーポータルZ』２０２０年5月2日～4日、6日

ごはんのおかずになる駄菓子をひたすら探す　『デイリーポータルZ』２０２０年7月20日
レシピカードに見つけたコレクション性　『QJWeb クイック・ジャパン ウェブ』２０２０年8月30日
お汁がじゅわっと染みこむ王座決定戦　『デイリーポータルZ』２０２０年8月3日
黄身なしゆでたまごを作って白身に感謝したい　『デイリーポータルZ』２０２０年9月7日
池袋の中華スーパーで売ってるものがほとんどわからない　『QJWeb クイック・ジャパン ウェブ』２０２０年9月23日
パリッコの「東屋放浪記」〜東久留米編〜　『デイリーポータルZ』２０２０年10月5日
新しいワンタン麺　『デイリーポータルZ』２０２０年12月7日
フレッシュフルーツ×酒の世界に無限の鉱脈があった　『QJWeb クイック・ジャパン ウェブ』２０２１年2月6日
朝ごはんを外食にしてみる1週間　『デイリーポータルZ』２０２０年12月16日
焼鳥×味噌汁＝インスタントコンビニ鍋　『デイリーポータルZ』２０２１年2月1日
〝溶け映え〟食材を探せ！　混浴温泉湯豆腐大作戦　『デイリーポータルZ』２０２１年3月1日
家でも外でも「ポップアップテント」にとことんこもる　『QJWeb クイック・ジャパン ウェブ』２０２１年4月27日
超フレッシュな縁起酒「立春朝搾り」を朝日とともに　『デイリーポータルZ』２０２１年2月8日

＊本書収録にあたり、一部、改題・改稿しています。

パリッコ

1978年東京生まれ。酒場ライター、漫画家／イラストレーター、DJ／トラックメイカー、他。酒好きが高じ、2000年代後半より酒と酒場に関する記事の執筆を始める。著書に『晩酌わくわく！アイデアレシピ』（ele-king books）、『天国酒場』（柏書房）、『つつまし酒　懐と心にやさしい46の飲み方』（光文社新書）、『ほろ酔い！物産館ツアーズ』（ヤングキングコミックス）、『酒場っ子』（スタンド・ブックス）、『晩酌百景　11人の個性派たちが語った酒とつまみと人生』（シンコーミュージック・エンタテイメント）、スズキナオ氏との共著に『のみタイム　1杯目　家飲みを楽しむ100のアイデア』（スタンド・ブックス）、『“よむ”お酒』（イースト・プレス）、『椅子さえあればどこでも酒場　チェアリング入門』（ele-king books）、『酒の穴』（シカク出版）。

パリッコ
ノスタルジーはスーパーマーケットの2階にある
二〇二一年七月二十一日　初版発行
編集発行者　森山裕之
発行所　株式会社スタンド・ブックス
〒一七七-〇〇四一　東京都練馬区石神井町七丁目二十四番十七号
TEL 〇三-六九一三-二六八九　FAX 〇三-六九一三-二六九〇
stand-books.com
印刷・製本　モリモト印刷株式会社

978-4-909048-11-0 C0095